文学之都·青柠檬丛书

光晕

破瑞 著

南京出版传媒集团
南京出版社

图书在版编目（CIP）数据

光晕 / 破瑞著 . -- 南京 : 南京出版社 , 2022.9
（文学之都·青柠檬丛书）
ISBN 978-7-5533-3680-0

Ⅰ . ①光… Ⅱ . ①破… Ⅲ . ①幻想小说—中国—当代
Ⅳ . ① I247.5

中国版本图书馆 CIP 数据核字（2022）第 067743 号

丛 书 名	文学之都·青柠檬丛书
书　　名	光晕
作　　者	破瑞
出版发行	南京出版传媒集团
	南 京 出 版 社

社址：南京市太平门街53号　　　　　邮编：210016
网址：http://www.njcbs.cn　　　　　电子信箱：njcbs1988@163.com
联系电话：025-83283893、83283864（营销）　025-83112257（编务）

出 版 人	项晓宁
出 品 人	卢海鸣
责任编辑	孙海彦
特约编辑	孙菡萏
插　　画	赵海玥
版式设计	石　慧
责任印制	杨福彬

排　　版	南京新华丰制版有限公司
印　　刷	南京爱德印刷有限公司
开　　本	880毫米×1230毫米　1/32
印　　张	5.875
字　　数	117千
版　　次	2022年9月第1版
印　　次	2022年9月第1次印刷
书　　号	ISBN 978-7-5533-3680-0
定　　价	58.00元

用微信或京东
APP扫码购书

用淘宝APP
扫码购书

青春、大学、南京与文学之都

——《文学之都·青柠檬丛书》第二辑序

汪　政

　　《文学之都·青柠檬丛书》的第二辑就要出版了，它们由《青春》杂志社主办的第七届"青春文学奖"获奖作品组成，共有长篇小说四部，中短篇小说五部。

　　任何文学奖都有一个成长与调整的过程，现在"青春文学奖"的立场与主张已经非常鲜明了。它是一个原创文学奖；它的参评目标人群是全球在校大学生，包括硕士研究生和博士研究生；它的参赛作品语种为华语，体裁涵盖长篇小说、中短篇小说、散文和诗歌。它不仅是《青春》杂志社一家主办，同时与专业文学团体和十几所高校结成联盟，形成了一个力量强大、旨在发现新人新作的文学共同体。显然，这是一个有着自觉的文学意识的文学奖项。我曾经多次说过，虽然现在的文学奖已经很多了，但是，相比起丰富多样的文学世界，比起不可尽数的文学主张，我们的文学奖还是太少了。文学奖是一种独特的文学评论形式、文学经典化方式与文学动员路径，每一个文学主体都可以通过评奖宣示和传播自己的文学理想，聚拢追随自己的文学力量，推出最能体现自己文学主张的优秀作品，进而与其他文学主体一起组成万马奔腾、百舸争流、生机勃勃、和而不同的文学生态。所以，我们固然需要权威的、海纳百川的、兼容不同文学力量与文学主张的巨型文学奖，但更需要有着自己鲜明个性的文学奖。从这个意义上说，衡量一个文学奖是否成熟就看其是否具有自己的明确定位。就以"青春文学奖"来说，从二十世纪八十年代走到今天，中间经过数次变化调整，直至上一届，也就是第六届，才完成了这样的从目标人群到文学理想的评奖体系。如果对这一过程进行梳理和研究，未必不能看出中国新时期文学发展的流变，未必不能反映出中国文学越来越自觉的前进道路。它是中国文化走向高质量发展、中国文学制度走向现代化的典型体现。

从现当代文学史的发展来看，将新的文学生产力的生产定向在在校大学生有着文学人口变化的依据。五四新文化运动几乎是与中国现代大学制度的建设和改革同步的，高校知识分子群体是五四新文化运动的中坚，也是中国新文学的骨干。在鲁迅、胡适、陈独秀等大学教授的引领下，不仅中国新文学创作取得了实绩，确立了地位，更是培养了一批在校的青年学生文学英才。北京、上海、南京、广州、天津、重庆、武汉、成都、兰州、昆明等地都曾是中国现代大学相对集中的地方，同时也成为中国新文学的聚集地，大学的文学社团以及文学"发烧友"

是那时大学不可缺少的文化风景。后来成为共和国文学核心的人物大都是从那时的大学走出来的。这一文学人口现象在新时期文学中几乎得到了原本再现。曾经引领新时期文学风骚的卢新华、陈建功、张承志、韩少功、徐乃建、范小青、黄蓓佳、张蔓玲、王小妮、王家新等作家、诗人开始创作时都是在校大学生，而且，这些大学生作家的创作并非个别现象，像北大学生作家群、复旦学生作家群、华师大学生作家群、南大学生作家群、南师院学生作家群等到现在还没有得到系统梳理，他们对中国新时期文学的贡献和影响确实有待深入研究。

文学与其他艺术形式不一样，文学是以语言的方式表现生活，表达人对自然、自我与社会的情感与思考，从这个意义上说，写作者人文素养的高低直接决定了作品的质量。因此，从理论上说，在现代社会，只要有可能，一个写作者的学历与其创作的正相关性极大。所以，现代大学形成了在校文学写作的课程体系，创意写作已经成为一个传统的专业，而著名作家驻校写作兼职教育则是普遍的现象，至于大学能否培养作家自然也就成为一个无须争论的问题。这几年，中国许多高校都建立了创意写作专业，并已经进入研究生学历教育序列。而且，从欧美的传统看，写作越来越被看成是一个人的核心素养，所以，写作绝不是文科生的事，更不是文学专业的专属，"在各学科内培养写作能力"不仅是一种学习主张，而且已经是一种成熟的跨学科的教育实践。所以，《青春》联合中国著名高校针对在校大学生，以文学奖的方式激励和推动新生文学力量的成长是一个既合乎历史又合乎学理的选择。

在大学学习时写作与具有大学学历的写作又有差别，这是环境与人生阶段决定的。在大学学习时的写作起码有三个特点：一是作为写作者的青春属性与未完成性。在校大学生还是典型的青年人，同是又是青春的成熟期。这时的青春既是未定型的，又是"三观"走向稳定、个体趋于自信而又充满进取与探索的时期，写作者大都满怀理想，不愿墨守成规，这也是五四新文化运动与改革开放时期大学生文学带有明显的叛逆与探索的原因。第二，大学是一个学习场所，大学生再怎么自信，再怎么"目中无人"，他的学习者的身份是其明确的社会属性与阶段性生命规定，再加上学习制度的约束，所以，一方面大学生虽然不愿意为既有的文学所牵制，但另一方面，他们又或被动或主动地学习文学，这样的学习让他们能够较为系统地熟悉文学传统，掌握文学理论，成为自觉的写作者。第三，大学又是一个知识生产地，是进行科学研究的场所，是学术相对集中的地方。在这样的环境中，大学生的写作就自然地带有研究的味道，带有学术的倾向，他们许多的写作甚至带有试错的性质。

不管是从写作者的角度，还是从作品的角度，上述特征在《文学之都·青柠檬丛书》第二辑中都体现得非常明显。入选的作者从本科生到博士生，既有创意写作专业的，更多的则来自文科、理科、工科和艺术学科等各专业，确实体现了大学生参与写作的广谱性。而从作品上看，与相对成熟的专业或职业写作不太一样，他们的作品还不太成熟，即使将获奖作品与这些作者已有的作品联系起来看，还都说不上已经形成了自己的风格。一些作品的完成度还不够，后期修改加工的空间还很大。特别是，这些作品与现实社会的紧密度不够，写作者们对社会人生的思考还显得稚嫩，甚至有书生气、概念化的现象。但是，这又有什么要紧呢？如果一切已经定型，一切都已成熟，写作者们也都人情练达、世事洞明，那就不是他们，不是大学生了。一切都已完成，还有什么期待与希望？

可贵的是这些作品都是学习之作，像《光晕》《虫之岛》《长安万年》《青女》等作品都有着传统经典的影子，是向传统致敬的作品。《光晕》以科幻作为载体，对社会科层、人性进行了独到的思考。《虫之岛》是"孤岛"母题叙事类作品，以文明人来到孤绝空间的行为遭遇，思考文明的演化，探寻人的本性的多样性及其限度。《长安万年》是一篇历史小说，是一篇不仅从故事而且从文本风格上都试图回到历史的作品。《青女》有着浓重的中国乡土文学边地叙事的影子，不管是从题材还是从艺术风格上，都有着沈从文的笔调。作品写得从容、优雅，试图在复杂的人物关系与曲折隐晦的故事中寻觅社会、文化与人性的秘密。这些作品又是他们的科研之作。他们不满足于简单的学习，更不是重复式地模仿，而是试图研究传统经典在当代文学话语中的再生性，试图通过经典表达出作者新的人生思考以及在小说艺术上新的尝试。即以《长安万年》来说，作品对原型故事的借鉴，对历史风俗的描写，对古代探案桥段的运用以及博物书写，特别是注释文的加入所形成的多文本形式，并由此产生的互文衍义，使得作品变得丰富而有韵致。像这样的作品明显地有着"元书写"的研究性质。

作者们普遍表现出了探索的欲望，以及与社会写作自觉切割的创新努力。《隔云端》虽然是一部复杂的作品，却在控制上显露出令人惊讶的能力。这种控制不仅表现在对故事冲突的处理上，对多线索交叉，包括中断、接续、穿插的安排上，还表现在作为一部面貌写实的作品，在与社会相似度的距离把控上，从而使作品内容的呈现显现出了现象学的意味。《鬼才》的形式主义与探索性也具奇特之处，作品既是一部现实之作，又是一部历史主义的符号性作品。它通过对宋代历史人物与现代生活的重叠书写使作品获得了令人眩晕的恍惚，并在文本上具有了张力。它不是简单的穿越，而是以符号的方式举重若轻地实现了作者的艺术实验，从而巧妙地卸去了现实书写对他的压力。《狸花猫》也有着相似的美学考虑。只不过作品所倚重的对象与叙事技巧不同罢了。这两部作品都有跨界融合的性质，虽然它们的界不同，融合后的形态也不同。在《鬼才》，这界是现实与历史，叙事的技巧在符号；而在《狸花猫》，这界在人与动物，而叙事策略在心理分析。与它们相比，《雪又下了一整天》和《弹弓河边有个候鸟驿站》体现了少有的年轻人直面现实的勇气。作品或叙述社会底层，或聚焦重大社会问题，都有一种罕见的力量与将故事复杂化甚至极致化的韧劲。两部作品不约而同地使用了复调叙事，不仅在情节上体现出多线索的交织，同时也使主题呈现出叠加。它们的题材与主题都说不上有多独特，但是，正因为如此，似乎激发了作者另辟蹊径的决心，要以作品的复杂性和描写的尖锐度同中求异，彰显其非同一般的决绝。

所有这些都值得肯定与赞赏。这样的气质不但是大学生写作的审美基因，也是当下文学所需要的清新气息。要特别说一句的是，对已经成为"文学之都"的南京而言，年轻、未来、个性、创意等更是弥足珍贵。我反复说过，南京"文学之都"的称号自然意味着这个城市辉煌的历史，但更是对这个城市现实与未来的期许。所以，"青春文学奖"的举办，大学生写作力量的勃发，年轻的文学气质的晕染，都将为"文学之都"南京增添新的光辉。

确实，大学，南京，文学之都，没有比它们的幻化更赏心悦目的了。

作者系江苏省作家协会副主席、江苏省文艺评论家协会主席。

目 录

第一章

桌前的男人来回拨弄着手指，一枚造型考究的银色硬币穿梭在他手指的缝隙间，一会儿翻转到手背上，眨眼间又闪现在他的手心中。硬币被高高抛起后又在半空中被紧紧攥住，没人看清最后朝上的是哪一面。他等待了很久，刻意维持着凝视的动作，接着从桌上挑起一支笔，问道："你确定回想不起任何事吗？"

"真的，我是真不知道，你们到底为什么要来找我？我，我，都和你们说了，我就去那里面上了个厕所，没了，很正常啊，我什么都不知道啊，你们到底要把我关到什么时候？"坐在桌对面的男人显得焦躁不安，他将身子倚在桌子上，目光不停地打量着四周。脑中嘈杂的声音令他组织不成连贯的语言，等到心绪略微舒缓，他便再次强调："你们肯定认错人了，我绝对不会是你们要找的人。"

"你大可不用那么紧张，我们不是来抓你的，只是想和你好好聊聊。在查明真相前我们会保护你的人身安全。你叫霍辙对吧，我叫李迎骄，是来帮助你的，能不能请你再详细地复述一遍当时所经历的事情？"坐在桌子另一侧的男人继续问道，他把话说得很客气，吐字也很清晰，但熟悉他的人知道，这已经是李迎骄努力克制情绪后的语气。

"是啊，我是霍辙。我从一开始就和你们说了，我什么事都没干。口袋里有居民证，你们可以去翻，我说的都是实话。"

"你的个人信息我们都是掌握的，但我们想了解的是你在那上厕所时的完整经历。"李迎骄说着又将那枚硬币放回桌子上，用中指与无名指紧紧夹住手中的笔，轻快地打了个半弧，接着利索地将笔弹了回来，动作一气呵成。

"这有啥好说的，我当时不就走在路上，恰好内急，想去趟厕所，然后不正好看见路边有个移动厕所嘛，那我不得赶紧跑过去上个厕所！然后等我出来还没走两步路，就被你们打晕带到这地方来了。"霍辙的回答非常不耐烦，他记不清自己与眼前这位叫李迎骄的男人已经对峙了多久，也许才刚坐下几分钟，他又觉得像过去了很久。但愿这破事快点结束。那人从头到尾反反复复问些一模一样的问题，而自己压根不明白这些问题的意义何在。上厕所怎么了？就算把那间移动厕所弄坏了，交完罚款也该走了吧，在这打什么哑谜？他的眼睑突然剧烈地收缩了一下，他瞥见硬币朝上的一面雕刻着一排摩天大楼，便下意识地吞咽口水。这是枚新城币。

"再问你一遍，你确定在此期间只是上厕所吗？"李迎骄手拿电子笔时不时在平板上勾勾画画，像是在对回答做记录。

"当然啊，我去那里面不上厕所还能干什么？"霍辙不明白对方为什么要问这么详细，他只是开始意识到事情恐怕并不是简单的误会，但自己自始至终说的都是实话。现在最好的办法就是尽可能配合那个人，早点结束也许还能赶在那之前去走走，是关于什么的，好像是件很重要的事。还好今天是休息日，要是工作日那就全完了，这里是什么地方都不知道，旷工半天万一连个证明都没有那就惨了。老板最近尾款没要回来，脾气很暴躁，搞不好还会因为这种小事直接把我开除，没工作还怎么去……等一下，好像上星期隔壁部门那谁不就因为上班时在厕所里待的时间太长被老板发现，一个月的奖金全取消了。又是厕所，今天也是厕所，真是服了，怎么什么倒霉事都能和厕所扯上关系。眼前这什么破事最好赶紧处理完，好不容易才轮到的双休别就这么被白白浪费了。这本该是与无聊工作毫不相干的闲暇时光啊！

李迎骄没有理会霍辙的质疑继续发问。

"没有注意到奇怪的事发生吗？"

"没有。"

"没做其他事吗？"

"没有。"

"没有看手机吗？"

"没有。"

"就只是在上厕所？"

"是的，我就只是上厕所。"

霍辙的眼皮忍不住地向上翻，在机械式地回答完一长串无聊问题后莫名感到头脑晕眩，出于本能地对这种对话方式感到厌恶，难道是自己在害怕，在这陌生的幽闭的房间内。为什么大脑会一直胡思乱想。记忆淆乱。思维混乱。自己到底该做些什么，什么都不清楚。眼前那人越是无端地发问，自己反倒对这些本该肯定的回答就越不能自信。手机，为什么还得多问一遍，有何不同？上厕所，最最基本的生理行为，为什么还需要与手机复合成叠加的行为状态才会合理？哈哈，又在胡乱想些什么，手机，屏幕，电子垃圾组合，一堆废弃零件，眼前的东西被无限拆分，边边角角的碎料和这么多突如其来的问题……李迎骄的声音又将霍辙从思维的泥沼中拉回来。

"还有件事，"李迎骄狐疑地瞟了他一眼，继续抛出下一个问题："如果你只是在上厕所，那么你记得自己大约上了多长时间的厕所吗？"

"这个我得想想，"霍辙拿手蹭蹭鼻子，他估摸了下自己上厕所时用的时间，又算上前后的准备工作，肯定地回答道："五分钟左右，最多不会超过七分钟。就那间移动厕所，里面真的又脏又臭，顶上居然还在漏水，我一分钟都不愿意在里面多待。"

"五到七分钟吗？时间上竟然也是吻合的，按照监控记录全程也没有出去过。"李迎骄低声自语，他的眉头紧紧锁在一起，脸色异常凝重。

"是的，就只是日常的上厕所，除了厕所环境实在糟糕，全程都很'顺利'，没有再发生其他任何事。"霍辙将嘴唇抿成一条缝，他越来越坐不住，本来还想趁着今天空闲去城里转一转，看看这座城市入秋后的街景，但现在是何时？他不知道，手机不在身上，屋里也没有钟表，万一出去太阳已经下山，就只好回家了。太阳，对，想起来了，就是太阳！秋天的黄昏果然最无趣，天空会在转眼的工夫变成暗灰色，夕阳要么太亮，要么就被云遮得严实，一丝光都不肯泄露，甚至还没主干路上的广告灯好看。倘若这时候再刮起一阵寒风，完蛋，光冷不说，就那些树叶的沙沙抖动的声音就足够让人心烦。这个季节天黑得一天比一天早，等到晚上这城市还有什么看头？街道都是黑色的，街灯也不够明亮，城市中唯一亮的那玩意，一年四季都一样亮。他的思路一下子清晰了，原来这就是自己今天莫名其妙想出来走走的理由。但他仍疑惑为什么刚才思维会如此发散且活络，满脑子的幻想与胡言，纠结已久的问题解开了。可明明自己还没去街上呢，所以就更应该去，一定要去，带着这种不安分的兴奋。

"你就记得那么多吗？"李迎骄将手中的笔重重拍落，那股劲大到弹开桌上那枚银色硬币，他用严肃的口吻说道，"现在有个非常重要的案件，你将成为解密的关键。"

"只要你们能快点放我回去，我非常愿意配合你们的工作。但估计真的，我什么都不知道。如果你们愿意向我透露一下这案件和什么事情有关，那我在回想的时候也好有个头绪是吧。”霍辙将身子靠在桌子上，他的目光则死死盯着那枚被随意弹开的银色硬币，硬币在桌面上嗡嗡嗡地晃动，声音很快转弱，接着消失。朝上的是另一面，上面的数值是十，表明这是枚十元新城币，相当于自己整整五个月的工资。他甚至怀疑对方是在引诱，想用金钱换取真相？什么消息会值这么多钱，可是知道的不是全都说了。还有最关键的，这里，到底会是什么地方，难道是那里面？要是能在这地方工作恐怕很快就能攒够那笔钱吧。如果是自己现在的老板绝不可能用新城币来发工资，他抠门至极。

李迎骄默不作声，他盯着手中电子屏幕陷入了沉思，根据他的经验眼前这个人恐怕说的全是实话，除去上厕所，他真的对其他事情一无所知，但如果把这就当作最终的调查结果，那么接下来的很多工作将不得不陷入停滞。这绝对不是他想要的结果。

霍辙见那人不搭理自己便继续环视这间“审讯室”。如果说眼前的房间仅仅是用来审讯罪犯的，那装潢未免也太过优雅。顶上的灯光是暖白色的，墙壁上挂有抽象的装饰画，地面也是用大理石瓷砖铺成的，脚下还铺着一层厚厚的针织地毯。连屁股下坐的椅子都是用皮革软包的，而且可以很明显地看出这把椅子与堆积在墙角的沙发、茶几是一整套的。他甚至还能确定这套家具多半是请专业工匠手工打磨的，绝不会是自动工厂里做的流水线产品。巴洛克。手工制作的当然是贵的，就是好的，比机器制品有价值。等等，这真是审讯室吗？反而手边这张金属桌子倒像是新搬进来的，就这么一放，和房间整体风格组合显得不伦不类，真是奇怪的搭配。虽说是在接受审讯，但身上并没有戴着什么手铐脚镣，他小心翼翼地伸了伸腿脚，甚至发觉自己完全可以站起来。

"叮——嘀——哞"桌上的通讯器响了，传来一道指令："把那件事情告诉他。"声音特别清楚，对于安静的房间简直再响亮不过了。

李迎骄听到声音后不再看向屏幕，而是抬起头将目光对准霍辙，他微微坐正并认真地说："我们是星球战略安全与防御反击特别行动署，代号A。由各国政府与社会机构共同出资组建，主要负责处理宇宙空间安全问题与地球上的一切非常规事件。"

霍辙被这一长串的名字惊到，愣了一下，他若有所思地用大拇指与食指捏着下巴说："可这和我有什么关系呢？我从没去过宇宙，也未曾接触过任何不正常的东西，我甚至从小到大没触犯过任何法律，你们来找我到底有什么事。"他的眼神中流露出一丝不可思议，自己为什么会和这个从未听说过的神秘机构扯上关系，难道会是什么新型绑架手段？太荒谬了。绑架一位没钱没势的普通人，又有什么价值值得他们如此兴师动众呢？室内的灯光突然间像暗了几度，他的心情也随之变得愈发忧郁。

李迎骄将手叠握在一起，他的眼睛直直地盯着霍辙，几乎一字一顿地问道："你最近有了解过关于外星人的新闻报道吗？"

"外星人？你是说最近的那些报道？"霍辙还是不知道为何他一会讲什么地球安全，忽然又扯到那些花边新闻里的外星人，而且这些事情不是被……难道？

"那些网上流传出的报道，都是真的。"李迎骄平静地说完这句话，他的语气没有任何起伏，就像在陈述一件正常的事情。他在等待。

"关于外星人的新闻都是真的？"霍辙的情绪变得异常激动，但他又在努力克制让自己变得冷静，他将整个后背紧贴在椅子上大口喘气，心跳出奇的快。

大约在两个星期前，全世界范围内有数家三流媒体报道称有人在郊区目击一艘造型怪异的外星飞碟在半空中飞行、悬停，同时还流传出几张疑似飞碟的模糊照片。起初这一事件并没有引起广泛的关注，人们也大多以为这只是在效仿上个世纪的虚假新闻。随着手机拍照功能的普及，各类都市传说的可信度直线下滑。可离奇的事情发生了，在接下来的一星期中，有关外星飞碟的传闻非但没有消散，反而还引起更为广泛的社会关注。仿佛事先有预谋一般，全球各地越来越多的人声称在不同场合、不同时间点看见过同样造型的外星飞碟悬浮在半空中，停留片刻后就闪烁不见，与此同时甚至还有几张外星飞碟的高清照片在社交网络平台上被广泛传播。尽管没有任何一家主流媒体或政府部门向社会公众宣布关于外星飞碟的确切消息，不过有一部分民众，尤其是年轻人们开始相信真的有外星人到访地球。

到了这个星期，虽然网上还时不时有人爆料说在哪里又拍到外星飞碟的照片，但已有部分国家的政府通过各种渠道澄清网上所有关于外星飞碟的照片与视频皆是伪造的。随着官方正式通告，人们逐渐冷静，重新回到正常的工作生活中。外星飞碟的新闻并没有对人们的生产生活产生多大影响，却也间接地影响了人们的日常消费。商场里与外星人有关的商品在一夜间变得畅销，商家们也开始以外星人为"噱头"开始又一波产品促销活动。甚至还出现一股独特的声音，有部分人呼吁要成立一个外星人节，纪念那些还未到来或是正准备向地球赶来的外星人。虽然说大多数人并不相信外星人来地球，但是在最近的舆论氛围下，人们开始喜欢把外星人来了当成谈话的引子，并作为几乎所有场合的谈资。在社交网络空间中，"看飞碟"这个几十年前的流行语被新一代的年轻人重新挖掘。以至于在最近这段时间，尽管人们相信所谓的外星飞碟是假消息，但见面的第一句招呼都不约而同地改成了"看飞碟"。

对于这些网络上的传闻，霍辙从来只是一笑了之，他也始终坚信这只是场规模庞大的网络闹剧罢了。在城市中生活的人们，每天都承受着社会各个方面带来的压力，也正好需要一个荒诞的事物来释放自己的疲惫。在几个月后，或许就这几个星期，眼下火热的外星人话题会被下一个社会热点冲淡，也许又会出来个什么野人、水怪，当人们的想象力被轮转一圈后，外星人又将开着飞碟到访地球。只有社会热点是永远追不完的。

"没错，那些新闻报道上说的外星飞碟都是真的，"李迎骄的语气不容置疑，"实际上在两个星期前那群外星人就降落在火星上，并修建完行动基地。在过去的两星期中，它们都有不间断地向地球派出飞行器，也就是网上流传的那些照片，你见到的都是真的外星飞碟。"

霍辙感觉连接心脏的大动脉中像被塞进一块坚硬的磐石，随着血液的不断冲击，石头碎成了细细的粉末又堵住了身上每一根血管，他的呼吸变得越来越急促。在他印象中无论是科幻小说还是电影，外星人多数不会是友好的，它们来地球的目的大多是消灭人类，占领地球，他说话有些结巴："这……你说的，这竟然都是真的？"

"我理解你的感受，毕竟对多数正常人而言这种事情确实难以接受，但请你务必配合我们工作，我们所说的都是真的，也没有理由欺骗你。"李迎骄将笔勾在手中，一只眼观察着霍辙的反应，也在给他消化信息的时间。

霍辙的心又沉了下去，他强烈地预感到眼前这人和他说的就是事实，是啊，为何要大费周折来骗自己呢？但他还是不敢相信外星人就在地球上空徘徊，它们会发起进攻吗？一种发自内心的无力感，大脑仿佛错乱般构想出一些情景，那是世界末日般的恐怖景象，长着触手的可怕外星生物伴着恐怖的尖啸声降临到地球表面，城市陷入一片火海，它们滑腻的躯体上布满

锋锐的獠牙，无数双肉芽般的眼睛搜寻着下一个猎物，它们将
会屠戮一切可见的生命。人类文明顷刻化为乌有。将整个地球
吸食成一具残骸后，这群恶魔又乘坐着自己的飞船前往宇宙深
处，祸害下一个星球。转念间脑中又生成另一个完全不同的画
面：一群形态优雅的外星生物从碟形飞船中传送到地球表面，
他们带着和平的目的，表示愿意为地球带来先进的科学技术，
帮助人类文明得到超前发展。随着双方的不断接触，人类在社
会生产水平得到迅速发展的同时变得更为依赖这些外来生物。
而这时在人类中突然诞生出关于这类外星生物的宗教，信徒们
将这群天外来客虔诚地称作神明，恍惚间数百年过去，所有人
类都臣服于这群真实的"神"，地球彻彻底底地变成外星人的
殖民地。他慌忙地从猜想中惊醒，无论自己最后更倾向的是何
种结局，这些都极有可能成真，因为外星人已经来了，它们就
在火星。可眼下这里又是什么地方，他们要对外星人做什么，
而自己又与这一切之间有什么关系？他试着让自己接受外星人
到来的假设，但接受一个有违常理的事实通常意味着产生更多
疑惑。

　　"你不用担心自身的安全，目前为止这群外星人尚未对地
球展露出任何攻击意图，也没有对地球的卫星系统与地面通信
造成干扰。"李迎骄像是安慰他说，"我们通过全球所有政府
部门与主流传播媒体达成协议，暂时不会向民众公布任何有关
外星人的切实消息。"

　　即使霍辙的脑海早已开始设想外星人到来后的地球，但

他嘴里依旧默默地念叨着："怎么可能会有外星人，这些新闻……不，它们怎会是真的呢？"

李迎骄深深地看了霍辙一眼，"这样，给你看下这个，"他切换了墙壁屏幕上的内容，"我们在月球上设有航空基地，这是我们捕捉到的外星飞碟的高清影像，这些资料都是绝密的。"

在以地球为背景的宇宙空间中，一艘圆环形的飞行器孤独地悬停在卫星轨道上，飞行器的外表绝不像地球的设计，而且最关键的是这飞行器竟然和网上流传的照片高度相似。

霍辙震惊地看完这些照片，喃喃自语："原来这个世界上真的有外星人。"他下意识地摸了摸胸口，心率丝毫没有平复的迹象。脑海中又出现这座城市的中心城区。那些繁华的高楼大厦，他此生最想去的地方。城市的中心区与其他街区完全隔绝，只有证明具备一定数量的资产后中心区才会向你开放，这时就能去这些高楼中享受整座城市，不，是整颗星球上最好的生活。如果外星人对地球发起攻击，城市中心区的那些建筑也会被摧毁吗？想到这里他的心底涌起一股深深的凉意，又一个梦想在尚未实现前被剥夺。

"最近这段时间我们也在积极准备与外星人进行接触，但很遗憾，我们无法通过任何电波频率与外星人取得联系。明天我们的星舰会从月球基地起航，我们将派部队前往火星尝试与外星人进行实际接触。"李迎骄回答道，他的目光始终围绕着霍辙。

"你们还有星舰？"霍辙感到惊讶，他本以为这只是科幻电影中才有的未来科技。久违的安全感，幸好，原来政府早有准备秘密武器。他心中忽然闪过些难以言明的冲动，一股记忆，关于楼下小孩半夜被父母训斥时的哭声，还有从隔壁的隔壁房间传来的乐器的震动声音，他并不能分清是哪种乐器，小孩子的笑和哭又有何区别，就像自己不知为何会身处此地，所以，星舰是外星人迟迟不发动进攻的原因吗？

"是的，我们从十年前就开始为地球周围的宇宙空间安全做准备，就是为了防止出现如今的问题。"李迎骄继续回答霍辙的疑问，但语气始终没有任何变化，与刚才宣布外星人的反应一样，只是陈诉着再寻常不过的事实。

"这真的，太厉害了。不过，你说的这么多都和我没有任何关系，我对你说的这些事情一无所知，我只是个普通人，你们为什么要把外星人的事情告诉我呢？"他在震惊之余又隐隐有些不安。

"你先回答我，你有没有想起些什么？"李迎骄问道。

"想起什么？"霍辙感觉有些莫名其妙。前方像有种可见的阴谋在等待他，身体不自觉地紧绷，与椅子贴得更紧密了。肌肉记忆被唤醒，打破平面后的深陷，像家里那张粗糙的日益僵硬的旧沙发，坐上去后就会发出嘎吱嘎吱的声响。想太多了，和眼前的事没什么因果关系吧。

"好吧，这件事确实和你有关系，"李迎骄刻意地顿了顿，继续说道，"根据我们的调查，你极有可能与外星人发生接触。"

"你说我？与外星人接触？这绝不可能！我最近根本没遇到什么奇怪的人，什么怪事也没有发生。"霍辙态度坚决地回答，他很肯定自己从来没有遇见过什么外星人。最近的生活也是一如既往的平淡，他越来越感到每天都在尽可能变得一样，甚至记不清刚过去的这个星期每个工作日都有何不同，任务、习惯、作息，都是规律的。

"但是你被动地接触过外星人，就在那个移动厕所中。"

"那就是个普通的移动厕所，没有外星人啊。而且那个厕所在那也好几年了，完全没有任何特殊的地方。我上厕所的那会工夫也没有和任何人发生接触，不信你们去查一下附近的监控记录，在那个时间段，除了我里面没有其他任何人，我怎么会与外星人接触呢？不可能的，你们一定弄错了。"霍辙费劲地解释，但他回答的声音越来越低，一方面他深信自己的这段记忆绝对不会出错，但他同样也很犹豫，那毕竟是外星人啊，如果它们和自己发生接触能被察觉到吗？自己真的还记得吗？

"我不知道该如何和你解释这种现象，但就在你上厕所的时候，我们在宇宙中检测到一股高能粒子流从火星向地球冲撞，而这股粒子流在地球上的降落点就是那间移动厕所。"

"什么粒子流？我怎么没有感觉到？"

"虽然人类无法直接感受到这股能量，但多颗卫星监测的结果都是如此，这就是事实，现在我们必须了解你在厕所里面究竟发生了什么。"李迎骄说着又在屏幕调出卫星对这股粒子流的相关脉冲信号监测的画面，随着那条银色弧线不断向地球靠近，降落位置在地图上逐渐清晰，终点确实是这间移动厕所。

"我都说了，我就是正常上个厕所啊，总不能让我给你演示一遍怎么上厕所吧？"霍辙忍气吞声地说，他知道眼前这个人说的是真的，无论之前那些照片还是眼前这段影像都充分地表明外星人真的来地球了。但他还是无法接受自己会与外星人发生任何接触，凭什么这种事情会发生在自己身上？

"我希望你不要瞒着我们，你在其中发生的任何事情对我们的工作都很重要。"李迎骄注视着霍辙极为缓慢地说。

"你以为我在骗你吗？我真的把我知道的都告诉你了，我在里面除了上厕所真的什么都没有发生。"霍辙又一遍地强调，他觉得有些委屈，自己像被平白冤枉，明明自己说的都是真话却得不到信服。

双方都没有继续对话，房间再次陷入安静。

监视器里电流沙沙响。

李迎骄对着墙壁上的不透光玻璃说："长官，对方没有提供任何有用的信息，似乎他，真的什么都不知道。"

大约过了五秒，房间门被缓缓推开，从外面走进一位身材挺拔的人，他着一身沉闷的黑色制服套装，衣领上绣着一颗金色的星。他看上去三四十岁，脸上的胡须剃得干干净净，他的靴子与地板碰撞发出沉闷的响声，在走上地毯后脚步声便戛然而止。他走到李迎骄边上抽出一把椅子坐下，一对手掌像吸盘似的扣在一起。

"霍辙你好，我是本次案件的负责人，叫我马罗就行了。我知道你对整件事情有很多疑问，等会都会回答你。不过请你一定要相信我们，我们这么做为的是人类共同的命运。"他的语速很平缓，却带着一种不容拒绝的意味。

"我真的想配合你们，可我就是普通人，更没遇见什么外星人，我真的不知道你们说的这些外星人和我有什么关系。"霍辙也重新缓和了自己说话的语气，即使自己已经相信有外星人，他却丝毫不清楚对方说的这些事情和自己有什么关联。

"不，霍先生请你冷静听我说。恐怕您真的与这件事有重大关系，您将成为这一切的关键。"马罗的目光直直盯着霍辙。

"你说吧，究竟什么事那么关键？"霍辙侧过身子将头微微歪斜，仰着脸看向马罗，他不想被对方认为刚刚是在故意找碴。

"在外星人来到地球后，各国政府就与我们紧急商议，我们开始计划如何与外星人进行接触。但就像刚才李迎骄说的，我们一直无法与他们建立起任何有效的沟通，我们向对方发出的所有信号都会因为某种缘故最终折返。而且在此期间我们也无法接收任何他们发出的信息，所以到目前为止只是对方一直不断向地球派遣飞碟。但就在这个时候，那群外星人突然向地球上发出了一道我们能识别的能量信号，也就是向那台移动厕所发送的信号，而信号到地表时你正好在那个位置。"马罗的声音很轻，但每个字都很有分量。

"我知道，但外星人为什么要对我发信息呢？是不是发错位置了？"霍辙还是不能理解。

"其实这则信息被谁接收都不是关键，关键是信息中的内容。在数次与外星飞碟沟通无果后，上级认为我们应该向外星人采取进攻表明地球的立场。"马罗神情凝重地说。

"先等等，什么上级？你们要对外星人发起进攻了？"霍辙捕捉到一条关键的信息，人类要和外星人开战了。战争对他而言是个很遥远的词，只在影片与历史中出现过，但是和外星人的战争？他只知道如果发生战争那自己的生活可能会改变。

"在我们内部有相当一部分人认为贸然向对方发起进攻并非正确的决策，至少到目前为止外星人还未对我们地球发起过任何带有实质性威胁的举动。我认为对方希望与地球和平对话，但是苦于没有一种能让我们彼此都能理解的语言。"马罗的表情变得很认真，房间内每一个人都能从他的语气感受到他是真心不希望战争打响。

是啊，只要全力配合他们就好了，为了全人类的命运，多好，多崇高。

"可是，我没有接触过外星人，也不理解外星人的语言，更不可能帮助你们和它们沟通。"霍辙苦笑一声，无可奈何地将双手摊开。眼前这两位陌生人，他们向自己解释了一堆现在的处境，然后他这样一位不能再平凡的普通人现在竟然要肩负保卫地球的使命。这个代号A的特殊部门，究竟是从哪里来的，他的印象中从来没有关于这个机构的任何信息，但他还是选择完全相信他们的话，出于什么理由？他们的行为？他们的说话方式？他们的态度？疑问绵延不绝，不论出于何种理由，他已经确信他们是正规的官方机构。可一想到"官方机构"这四个字，他心中又涌现出一种奇特的生疏感。

"不，外星人向我们传达的信息很可能就是我们人类与他们和平会谈的基础。向地球发射的信号很可能就是他们找到的与我们人类建立联系的方法。如果我们能分析信号，从其中破解出可以理解的信息或语言，那么就意味着我们可以让上级放弃对外星人发起进攻的决议。除非万不得已，我们两个文明完全可以避免用战争的方式接触。"马罗的语速突然加快。

"这就是为什么你们迫切地要我回想起在移动厕所里的经历。我在厕所里很可能见到了改变人类命运的关键？"霍辙问道，他看了一眼李迎骄，有些不满对方为什么不从一开始就挑明真相，但想到这也许只是他的长官马罗的意思。

"是的，你的信息很关键。我们要靠这个改变上级的决定。"李迎骄说。

"霍辙，所以你明白了吗？你在移动厕所内的记忆对我们有多重要。我知道你刚才说的都是实话，但请你再多回想起一些关键信息，厕所里发生的任何细节都不要放过，"马罗诚恳地说，"明天我们在月球基地的星舰'矢量号'将全速向火星出发，如果在飞船抵达火星前依旧没有取得任何和平外交的成果，上级会毫不犹豫地让'矢量号'向着外星人的火星基地开火，那时候恐怕整个地球都会陷入与外星人的战争。"

　　霍辙把双手搭在一起，顶着自己的额头，他闭上眼睛尝试厘清已知的所有信息：外星人向地球发射一道信号，而自己正好身处信号所在的位置，信号中隐藏着信息，信息将阻止外星人与地球发生战争。外星人的这道信号究竟是经过瞄准还是随机发射的，为什么恰好发给自己呢？一个毫不知情的普通人竟然成为拯救地球的关键，这是他从未设想过的事。那间厕所里有见到过什么，真的会有那则信息吗？

　　我，该怎么做？

　　房间内变得鸦雀无声，所有人都在等待霍辙的回答。

　　他想着该如何继续。仅仅配合是不够的，至少要做到绝对服从。他下意识地想起，自己和眼前的人从来都不处在对等的关系，因此对方提出的任何要求都必须完成。

　　在沉思片刻后，霍辙重新将头抬起，他看了看眼前的两个人，李迎骄用力抿着嘴，他的表情很凝重，马罗又变得和刚进来时一样，脸上几乎没有任何表情。

　　霍辙又叹了一口气，这场审讯未免也太过奇怪了，他们竟要求他回想记忆，这段记忆竟成了决定人类未来的关键，所以他现在成了要去拯救地球的英雄了？

　　静下。

　　思考。

　　良久之后他苦笑着抬起头说："我也不希望发生战争，可我真的想不起任何事情。我就记得自己正常地上厕所，从来就没有收到过什么信息。"

　　李迎骄无法接受这就是霍辙思考半天后的结果，他喊道："霍辙你想到什么就赶紧说，我们的时间真的很紧迫，再过几个小时上级又要开会了，一旦超过七人支持进攻，我们的星舰将会立即发起攻击。"说完他又看了眼身边的马罗，用力地往椅背上一靠。

　　"让霍先生再好好想想，"马罗抬手制止李迎骄的动作，继续说，"霍辙，无论你记得多么微不足道的细节都一定要说，这很重要，真的很重要。"

　　"我想不出来，这太困难了，我做不到。"霍辙说完这句话后仿佛整个身体被抽空，捂着头趴在桌子上。

　　沉默，房间又回归了沉默，霍辙努力回忆自己在移动厕所中经历的一切，但是每一次记忆片段的重现都没有什么不同。都是一片模糊。就像被水浸湿的旧照片，泛黄的图像在水面渐渐化成完全无法辨认的浑浊颜料，最终将所有可能的片段搅混在一起。他什么都记不起。但是他又自责地想到，这段他根本没有任何印象的记忆却要成为拯救人类命运的关键，他必须肩负这项使命。在这个星球上，数亿生命的未来竟都要依靠这段对他而言最微不足道的记忆。

　　毫无征兆的，巨大责任降临在自己身上，从未经历过的折磨。命运使然吗？果然，盛名才是最可怕的痛苦，这不属于任何一种理论，从来不是一眼就能明白，只是一种声音。叹息。越是陷于这种煎熬中，就越是回想不起任何事情，过去发生的一切经历被压缩成一张无限大的纸，任凭自己如何捏揉它都无法再还原成一段流动的影像。立体的历史最终变成一组二维图像，想不起，真的什么都想不起。

马罗注视着霍辙脸上不断扭曲的痛苦表情，缓缓说道："霍辙先生如果实在想不起那些信息其实还有最后一种方法。等会我们会对你使用一种特殊的药剂，它能帮助你回想起某些事情的具体细节。"

霍辙猛然抬头，像是看见一种充满不确定性的希望，沙漠中的海市蜃楼，他有些慌张地问道："是什么药剂？干什么用的？"此刻他已经完全缚于自己纠缠的记忆中，如果真有一种方法能帮他厘清这一切，他也不知道自己会愿意为此付出多大的代价。

"药物是绝对安全的，它只会在短时间内增强你的记忆力，让你更清楚地回想起在移动厕所发生的一切，并帮助我们拿到那段重要的信息。"马罗解释道。

"这个记忆药你们之前有使用过吗？效果能保证吗？"霍辙清醒了些，他的语气变得有些不确定。

"长官，您说的那个药剂是……"李迎骄显然并不了解马罗还有这个计划。

马罗打断了李迎骄继续向霍辙解释道："你放心，我们其他队员在参与重要任务前都会注射一剂记忆药水，确保我们在行动中记清任务的具体细节。"

接着马罗与李迎骄默契地交换了一下眼神，李迎骄立马心领神会地补充："是的，那个记忆药水没有任何副作用，我也使用过很多次，而且药性只是暂时的，你不用担心会对你以后的生活产生什么困扰。"

霍辙扶额长叹，有些郁闷地回答："呵，我现在竟然有些分不清到底是你们在威胁我使用记忆药水，还是我自己真的想要使用这什么药水。只是我也迫切想了解在厕所中到底发生什么事，我是真的……但很可能我也根本就没有接触到外星人的信息。"

他开始期望药剂真的和他们说的一样有用，那么他一定能回想起在厕所里发生的所有事情。为了拯救世界必须那么做，这是责任，每位被选中的人的任务。要成为英雄就需要改变，无论外部还是内的。想啊，自古以来的英雄不都这样。凭借着这股信念，带来力量。囫囵吞下的药剂。沐浴滚烫的龙血。沉潜幽深的河水。面对超乎常人的磨难。伟人大抵如此。克服险境后，将如太阳升起般热烈。知道的，要有信心啊，你终将成为拯救世界的英雄。

"霍先生请你理解，我们并不是在强迫你，只是你的记忆真的很重要，这关乎的是人类的命运。"马罗再次诚恳地请求，他的目光如钢钉般狠狠砸在霍辙的头颅与四肢上。

他挺直了身板，对着坐在对面的人说："好吧，我愿意配合你们的工作。就像你说的，这不光是为了我自己，也为了全人类。"话语说完，他甚至感受到一种难得的慷慨，也不知道这个决定是否算得上草率，只是一旦喊出来后就只觉得痛快。

马罗对着半透明玻璃朝外面打了一个手势，很快从门外走

进两个黑衣人，他们手里各自拎着一个工具箱。霍辙刚想转过
身细看，就感到脖颈后面传来一阵酥麻的痛感，然后。

　　房间重归寂静，他失去了意识，身体不再动弹。

第二章

　　我的眼前是寂静的荒漠，沐浴在阳光下，热烈而赤诚地绽放出更强烈的能量。炙热与焦渴，就像大地期盼已久的折磨。黄沙漫漫的荒土海浪般在金色的大地上起伏，如同一队行者无休止地向前方行进，简单，枯燥，单调，这是场命中注定的旅程。沙与土的碰撞，融汇成新的，更雄伟的沙浪，一层又一层，一波盖过另一波，无时无刻不回响于荒野的沉默中。

　　现在是正午，正午就该酣睡。只是干渴就应该遗忘。只要静谧，极致的静，这是如此神异。越是烈日炎炎，越听不得一点喧嚣，只有此般的世界才是完满。割断所有的琴弦，此刻用不着任何嘈杂。也不需要水，干枯会很好，世界就应该是这样的，圆润啊，金灿灿的，这就是快乐。头顶传来不朽的声音，恰似晴天霹雳，撕裂温柔乡。你真的能睡着吗？你的路程有跋涉完吗？没有，你什么都没做，现在放弃就是懦夫。在耀眼的光芒下，任何的迷醉都不会被允许长久存在。

从天空的角落飘来一条苍白的云带，宛如锐利的匕首，意图割裂所有和谐，还寰宇于残破。利刃抹灭空中唯一的光源，贪婪摄取着所有能量并愈发澎湃。在昏暗浓稠的云层间，隐现出明灿的光轮，它在颤抖。而在呼吸过后，所有云层顷刻散去，再度归为一片空寂。这是不毛之地，听不见任何虫子为生而尖叫，也不会有蕨草能在此处吐息薄雾，这里不该有任何的活物发出声息。空气间惊悚地响起一阵"噼里啪啦"，没有谁知道这声音来自何处，无缘无故地唤起大地的苏醒。在黄沙之下，凝聚且充实着大地的脉搏，是柔和又猛烈的撞击，音律来自亘古的深渊。

当噪音开始缜密地混乱，大地也将开始沸腾。被淹没的淤泥开始重聚生命的光辉，地底狰狞的造物挣扎与嘶吼，这是出于嫉妒的恶意，这也是来自大地之心的执念。所谓的深渊深有几何，无谓讴歌下的浅薄，靠着欺骗的艺术掩饰恐慌的寂寥。

斜阳中的沙丘散发出玫瑰色的光圈，圆环的边缘逐渐化成暗红色，如同有生命般不断放缩，同时也在不停地扩大，最后整个镶入天空中。当所有的圆环都被天空劫掠后，山坡上燃烧起橘红色的火团，沙石开始躁动，四面八方的气流巡行于此地，巨大的旋涡将天与地在交界处牢牢捆缚。狂风席卷着破碎的光线在沙地上肆意号叫，天际间被刻下醒目的伤痕，流出无形的泪水。在这方荒土底下，被遮掩千年的尸骨，尚未完全腐烂，在顷刻间被气浪抛于尘世之上，携带着生还者的意志从墓地中重生。生命的倔强，一如在沙漠里的顽石的傲慢。

一粒沙尘飞向空中，被来自无限遥远之处赶来的光束贯穿，延展出广袤的平面，这是点与线的汇集，是全新的可能。尘埃啊尘埃，你身上有无数颗星辰在同时闪烁，那是不会熄灭的灰烬，你的轨迹改变着万物的命运，由你开始，也将由你结束，传说宇宙就是从此诞生的。

当远方最后一丝光亮坠入地面，即将迎来大地满怀期待的茫茫黑夜。狂风渐熄，沙石停下舞蹈，腐败中的躯壳重新沉落到永恒的归宿中，荒土得到喘息的机会，一切皆在下一秒重新归回静谧。

远处是一座银色的城市。

睁眼即意味着我醒了。

苏醒。

这个动作何尝容易。

眼皮是紧紧黏合的，没有一丝空隙。一条线。夹缝间的摩擦，颗粒的异物感。眼屎？快被碾碎了。细细的粉尘，抖碎。更大的球体从山顶滚落，这就是眼睛的形状吗？很奇怪，它在膨胀，快要涨破了。眼皮被拉伸得很薄。线没断。还在死撑。来自天际外的手。他揣摩着皮肤传来的感受，也许只要一用力就能撑开眼皮，不难，但他正乐此不疲于不同肌肉间的对抗，摇摆。他又将手垂在床上，不去碰自己的身体，只是紧紧贴合着床单，将掌纹混进床单的针线缝。肢体是七零八落的零件，分散成不同反馈的触觉，只要放松就好了。

"你醒了？"李迎骄走进房间，手里端着一份食物。食物上翻卷着白色蒸汽，好看又好闻。

他还是躺在床上，大脑沉浸于刚才的梦境。那个幻想世界过于真实，是许久不曾做过的真实梦，充斥着现实中所不必要的充实。直至耳边传来模棱两可的声音，他才发现自己确实是醒了。无言，再三核验，最后的记忆停留在昨天，他想起自己被注射什么药剂，能帮助他想起那段重要的记忆。随后黑衣人进来，自己便昏倒，再次连上意识则是现在。很长的空白带。现在是什么时候了？他睁开眼观察四周。房间足够宽敞，日常家具一应俱全，灯光的亮度也控制得恰合心意，唯一美中不足的是房间里没有窗户，但也远比自己平时住的那处阴郁的房间要舒适许多。

他猛然想起房间里还有人，用手将身体从床上撑起，几次张嘴想说些什么都没有发出声音，是的，醒了，他咳了咳嗓子，声音嘶哑地问："我……怎么会在这，这是哪？等等，昨天后来发生了什么？"

"我们昨天给你注射了D198药剂，就是能帮助你增强记忆的药剂。大概因为药剂的反应过于强烈，所以你刚注射就晕了过去。不过你不用担心，这种现象是正常的。D198药剂会让你的大脑处在一个高速运转的状态，而你昨天第一次使用，大脑无法承担如此巨大的负荷，就会保护性地让你昏迷，你睡了一觉应该会感觉好一些。"李迎骄耐心地解释道。

"我的……头还是有些晕，我也不确定，那些记忆……我不知道自己能不能回想起那些关键的细节。"唾液流到咽喉抗拒着发声，霍辙拿手轻轻按压着太阳穴，已经是第二天了。他尝试沿着记忆往回追寻，从自己晕过去的前一瞬间，到马罗对他的请求，还有外星人的信号，那枚来自新城的银币，在被打晕前，那间移动厕所……回忆戛然而止，所有的影像都倒完了。他绷紧了脚尖，想到这些事情确实是真的。那药，记忆有变强了吗？为什么还是模糊……他根本不知道自己想要表达什么，什么行为，什么思考，都不确定。他再次用力紧闭双眼，眦角外传来凉薄的明快。

不合时宜的光，是眼睛的砒霜。

"你最好先适应一下，"李迎骄将手里的食物小心地放置在床头柜上，"这是一些补充能量的食物，那药剂的功效太强了，你的身体现在需要补充能量，等会你整理完毕后就来会议室找我们，门口会有人领你。"

"我，会的……马上就过来。"会议室，开会还是接着审讯？他想起件事，问道："对了，昨天那个马罗，他就是你们的负责人吗？"

霍辙不知道自己为什么会忽然提出这个问题，大脑在刹那间又重回清醒，这个问题的答案是显而易见的，毫无意义的发问，但自己，又总是不自觉地想起那位名为马罗的高个男人。他隐约记得那个人的眼神很犀利，仿佛能看穿自己的一举一动，同时又把气场收敛得很好，始终不会向周围表露出任何侵略性。所以，还是被我察觉到了吗？说不清的，是那举止间一股无法拒绝的吸引力，而在足够靠近后又会让人自觉地敬而远之，如何形容，吸引与拒斥之间的平衡。总而言之，任何人都能信任他是绝对可靠的领导者。他是谁？

李迎骄愣了一下，似乎对霍辙的发问有些意外，随即淡然解释道："他是我们这个基地的执行长官，现在我们正对外星人的事情做调查，他负责管理我们分基地的调查工作。"

"这个基地的长官吗？"霍辙低声思忖，他不自觉地想到了背后的政府，以及规格严密的层层等级。

李迎骄刚要转身离开，他又重新回头强调道："霍辙，马罗真的很重视你的这段记忆，就在刚刚结束的会议中，又有一位上级宣布支持向外星人发起主动进攻，所以无论如何都请你好好回想。"

"我会尽力的。"

这是认真还是含糊。

"希望你能做到。"

这是胁迫还是合作。

在李迎骄离开房间后，霍辙动作僵硬地从床上下来，或许是因为药效，他始终认为身体的某些动作不够协调，和平日起床有什么不同吗？他一边无意识地完成动作又忍不住回想之前发生的一切，从昨天到现在，从过去到未来。

是为追寻记忆，或只是为验证药剂的效果？如机器人一般地完成穿衣、洗漱。如果说有什么在推动他完成这一连串的行为，大概是腹中传来的饥饿感。在一个荒谬且困顿的早晨，有什么能比那份触手可及的食物更让人感到心满意足呢？他在食物面前反常地停下了，对早餐的强烈渴望来源于饥饿，但是光想不吃解决不了任何问题，所以下一步如何进展将归于他此刻的抉择。要继续去靠想来维持饥饿吗？这成不了问题，他没理由放弃不吃，只是越思考这些无聊的问题人就更会傻得发愣。在等待什么，期待有人在观察，暗中的窥探，隐蔽处无数双看不见的眼睛。直到最后，他终于对饥饿感到厌烦了，便决心打破这种状态，便用双手捧起装着食物的器皿，分享流淌的热能。

拿来的食物很丰盛，面包状的、火腿样的、鸡蛋形的还有像牛奶的东西。原始的供给，源自城市之外的牲畜，谷物收获时的喜悦，带着田野里的清澈，混进工厂的机油味，传输机周而复始地滚动，金属的齿轮下的细密切割，食物便显得整齐、端庄，一块与另一块间将不被允许有差异，这是大工厂对产品做出的品质保障。

昨天来到这个地方后就没吃过东西，也饿了，是想吃东西。面包是松软的，就像这张床一样。带着谷物的香气。他咬了一口火腿，肉质紧密且多汁，很好吃。他口干了，牛奶也是新鲜的。原始的能量传递。食物送入口中，被门牙切断，关上大门，密闭空间。犬牙撕裂，本能兽欲。臼齿碾磨，智齿无用。吃完像一句话说完。

味道太好了，除了"好"他也找不到任何更贴切的形容词，吃下去的是什么，他不关心，就算是流质也好，他不再感到饥饿。流啊流啊，血液往胃部流动，糖分、营养与能量，发挥各自功效。对于感官而言，食物在下肚后就没有太多关系，能量的代谢过程从来不是依靠粗糙的感觉衡量。饱了。

又怎么，不过是顿早餐而已。

直到走出房门的那瞬间，他脑中的记忆还是混沌的，那间移动厕所以及里面发生的所有事，还是一个模糊且静止的画面。他小心翼翼地控制着自己的意志，如果确乎存在，将目光从一个世界转向另一个世界。这些都是最质朴的感官，从出生就开始练习。而最勤劳的感官，时刻不停工作的，却不曾接收任何消息。它会在各处灼烧出诡异的纹路，忠诚的鲜红结成凝固的泥垢。

全是视听的幻觉。

门外是一道长廊，一长排的墙壁都是黑色，未混入丝毫杂质，从门口看墙是反光的，黑里透白，全都脏了，干脆。墙壁每隔五米就有扇一模一样的门，有些门上亮着一盏暖黄色的灯，另一些门上的灯是暗红色的。头顶的天花板中隐约传来压缩机轻轻的轰鸣声，像是猛兽的低声咆哮。过道里同样没有窗户，他只觉得压抑。或许在黑色的褶子里，有双什么的眼睛在凝视，一举一动，所思所想。被记录着，又流经什么的网络，横向，纵向，细密的网格。他抬头望了眼甬道的顶部，黑得分不清远近，他愿意相信监视是来自头顶。

昏暗的氛围让他想起被厚重阴云盖住的陈旧住宅楼，斑驳的墙体在得不到光照后便一味地陷入深沉，通过窗户让彼此成为彼此的倒影。在鳞次栉比的公寓楼间总有一扇窗能映照出那些城区内高楼的全貌，想象一座高楼与直接看到终归是两码事。这不是在断言城市圈子里数万座矮楼的命运就是遵守此般规则，但其实这也不失为一种真实的城市特征，好歹也算是种在发生的过程，向着更高处堆叠。

黑墙白影黑门间，一位身穿黑色制服的人如鬼魅般从阴影中现身，他说："霍辙先生请跟我来。"他的语气与步伐一样坚定，一道客气的命令。

霍辙跟在黑衣人的身后，他只能下意识地行走，像在模仿黑衣人的动作。他无法将注意力集中到眼前的路，有路吗？头脑又一阵昏沉，不过是片黑。思维是极度混乱的。腹部的暖意，能量的补充，药剂似乎开始彻底展现其威力。大脑连同所有记忆被完全捣烂，又从碎片中挑拣出其中有用的部分。不够碎，无用的信息？那再来重复一次。又一次。逐渐这种幻觉变成实际的痛楚，他握紧拳头，牢牢夹住拇指，企图依靠转移注意力让自己保持镇定。记忆药剂真的有用吗？为什么还是没法回想起那些细节？昨天，后来又发生了什么？突如其来的恐惧中他开始担忧，怕他们的人将自己的大脑进行改造。但他又不断对自己说不，不要想这些，换点别的。可回头后他又忍不住想他们到底是个什么样的部门？他用最后清醒的意识不断向自己强调，一定能想出的，必须做到，一定要拯救世界，最后会成为英雄等等，诸如此类的安慰话语。可笑也可敬。可当在构想崇高的理想时转念又想到更为现实的问题，到底要何时才能回去？自己如果真的回想不出来那又该怎么办？还有那个梦！

梦里的场景到底是什么地方？是那么熟悉，好像在哪里见过，该死，怎么会一点都想不起！怎么会有这么多的问题！

"霍先生，到了，请进。"领路人用生硬的话语打断霍辙的思考，看他的表情，茫然，也不打算对接下来会发生的事情负任何责任。果不其然，片刻停留后那人便一言不发地转身就走，虽然走得并不快，但像个着急复位的零件，受强制的机械力驱动。眼前又是一扇黑色的大门，比之前路过的房门都要宽些。门口的灯是柔和的白色，门上也有白色的光痕，在黑色的甬道中格外晃眼。

他深吸一口气，毅然把门推开。明亮的房间。中间是一张过于宽大的长木桌，至少能舒服得坐下三四十人。更夸张的是桌布，完全盖住长桌后甚至厚重地拖到地面上。墙壁上有一幅画，是只猴子，眼睛赤红色，瞪着他。立体主义的抽象画。马罗和李迎骄坐在长桌的一侧，靠门的那侧有个座位上放着一瓶水，那无疑是给自己准备的。他不渴，也不会喝，水瓶只是归位的信标。

马罗看见霍辙进门便示意他坐下，并说："霍先生，我们的时间真的很紧迫，你醒来后有回想起什么吗？"

"我是有想起些什么，但怎么说呢，"霍辙扶着椅子坐下，他局促不安地看着地板，又看看周围的墙壁，不是审讯室，为何比昨天还紧张，继续说，"我得重新梳理下，再给我点时间，我需要组织语言。"

"你无论想到什么一定都要说，这样我们才能找到有用的信息。"李迎骄充满疑虑地说。

"霍辙你不要想太多，放松，让注意力回到昨天。"马罗的语气还是平和，但相比昨天还是多了些焦急。隐晦的暴力。他仍在试图引导霍辙放松。

霍辙闭上眼睛，尝试沿着记忆的逆流，回到那个起点。又一次。无边的寂静从脚下漫起，接着，整个世界变得一片黑。

在浑黑的迷雾中，看不清任何东西。空间的四面八方，传来清脆的声音"滴——滴——滴——滴——滴——滴——滴——滴"。窒息的音律在音量上没有高低变化，自始至终维持着一个平衡的声响，很难觉得喧哗，同样也很难不引起注意。仿佛是空间中自有的旋律。伴随着无形之弦的拨动，构造世界的薄膜共振出一致的频率，发出阵阵颤动，内心深处的回响。声音每次响起总隔着并不相同的时间，有时是短促且连续的"滴滴"两声，有时则需静待良久才能听闻下一次的声响。明明这件"乐器"只有一块琴键，却能凭着回音余韵的间隙，荡漾出万千变化的曲调。

在杂糅的世界中，一切感觉被剥夺，没有重力指引上下，也没有左右相逆的自旋，唯有聆听的本能。无法揣摩声音的来源是何方，每个角落似乎都有在和鸣，也像是经过精确计算的回声，声音的能量在无限的场域里无嬗变地运动。四周的界限在变换，曲面又不断放缩紧化，每次回音都与下一次的"滴"完全契合，共同稳固支离破碎的框架。

重新审视所身处的矩阵，试图追寻着虚幻中无根的能

量，却惊觉任何意识竟被来自十个不同的维度的引力拉扯，
在即将肢解前的一瞬间，又是一道熟悉的声音，阻断那本不
可逆之力。碾碎，拼凑，湮灭，重构，渐渐变得如那道声音
般单调。

　　仿佛一个生命从虚空中出现，那声音即是此处唯一的生
命。单调的音韵就是一种有生命力的呐喊，聆听它的搏动，脆
弱中夹带着义无反顾。声音靠着振动撕裂其与周遭的连接，
它要彻底将自我与环境决绝。虚幻空间开始痉挛般的抽搐，似
乎也在恐惧这道声音，但又不愿随其中断，它要延续自己的存
在，还要迫使唯一的声音臣服于此处。

　　光滑的平面被打破。

　　声音终于不再烦躁，每道回响也变得更为柔和，空间的震
颤变得无力。四周传来细微的噪音，像是摩擦声，极光滑与极
粗糙间的摩擦，如低语般又不破坏原有的和谐。一瞬间世界安
静了，一股极度纯粹的能量从空间中的每个角落爆发，吞没先
前所有杂的、乱的，以及空间本身。

　　四周空空荡荡。

　　又一道光芒凭空诞生，空中出现一面没有边缘的平面，
将唯一的光线向所有方向散去。而在银白色的背景中，有一个
图案渐渐成形，其周围环绕着璀璨的光芒。那是一个赤裸人
影？蜷缩在平面中，悬停在相对的上下间，根本没有固定的位
置。人影小心翼翼地舒展着躯体，他的动作轻盈且无声。他在
开口说话吗？是在耳边的低语。还是不愿意开口，留下嘲谑的

窃笑？镜中的人如此倦怠，有血有肉。他尝试将手伸向平面之外，这又是在干什么，逃离抑或被驱逐。瞬息，平面被整个打碎，什么都消失了。碎镜不可探知。

思考用的是私人方式，完全混乱的过程，可一旦开口，所指就必须明晰。

他睁开眼睛，知觉又回到房间，世界重新变得真实。确定了，这个世界是现实。深刻，相比幻觉中的，已经过去的，记忆中的世界更深邃。瞬息不见的遭际。他看着面前的两个人，说："我想起来了，在回忆中，我听到一段声音，一段有规律的声音。"

"声音？是什么样的声音？"李迎骄急切地问道。他表情是复杂的，一种难以置信，对强大能力本能上的迟疑，还有一些兴奋，这可能是第一条来自外星的讯息啊。

"就是滴——滴——滴的声音，但是我能感觉到这声音始终遵循着一种特殊的规律。"霍辙眯着眼睛，他要将回忆中的景象复述到现实。这个过程谈何容易，他没那么聪明，尚未掌握保存这些就快消失的元素应当使用的翻译方式。

"你能不能试着回想起这段声音的规律，这段声音非常重要。"马罗冷静地问。他打开了手中电子屏，用电子笔在上面重重地画下一笔。

"应该可以，让我试试。嗯……就好像是滴—滴——滴滴—滴——滴—滴——滴—滴—滴……"霍辙愈发坚定地说道，"对！没错，就是这样，在我的记忆中这段声音出现了很多次，每一次都是按照这样的规律。"他根本不知道自己为什么会对这段音律记得如此清楚，但在此刻他的记忆就是清晰的，像被激活了全部的脑细胞。对复述出的音律他根本没有任何怀疑，绝对不会出现另一种情况。原来这就是记忆药剂的功效？他确信自己听到过这段信息，甚至这段声音被自动地标成整齐排列的长短点，他根本不需要回忆，只要对着读。同样的声音为什么不能以其他的规律呈现，偏偏是这种排列方式，这有可能吗？图片式的回忆。

水滴声的节奏，时间的刻度。命中注定的发生，于事无补的机缘。唯一的结果，只能确定。纵然这段声音或有千百种可能，现在也都应被排除，仅留其一，这是答案，也是必然的可能性。至少他如此相信。

"这段信息对我们很重要，李迎骄你立即将这段音频传给技术部分析，"马罗继续转向霍辙说，"还有什么别的记忆吗？越详细越好。"

"别的我恐怕真的没有任何印象了，这是我唯一能回忆起来的。"霍辙回答。

脑中没有任何多余的图像了，有也是模糊的。他越来越有体会，回忆确实是最痛苦的行为。霍辙想长吁一口气，但气还没喘上，眼里的光又黯淡下去。所以自己真的做到了吗？就这样完成了回忆，想起了那段信息，拯救了全体人类？他心中毫无获胜的喜悦。

除了那段音律，什么都没有留下。

"啊，还有一件事，我觉得有必要和你们说下。"

像聚起一团乌云，划过一道霹雳，逼迫他这么说。

"什么事，快说。"李迎骄催促。

"当我回想那间厕所的时候，我的脑海中总是会闪现出一个影子。在半空中，有一个银白色的赤裸人影。"

很快那朵乌云，那道霹雳，从意识中转瞬即逝，他仍感到一阵后怕。

其实他并不确定，这个形象甚至远比那些声音更模糊。他甚至不知道自己看到的是那个人的正面还是背影，也许根本就不是人？就这样直直地投射在记忆里，笼罩并嘲弄着自己躁动的心灵。那是一种什么样的光芒，如同晦涩的咒语，任何多余的揣测都只是徒劳无功。该怎么形容那个图案？根本看不清，被定义为可见现象呈现的最低限度莫过于此。就像一团火焰，但能感受到"他"的呼吸是孱弱的，随时会从半空坠落。他想到黎明前枯草上最后一丝火星，在下一个瞬间就会有露水顺着光线自下而上地翻滚，熄灭颤巍巍的余温。他的手掌摩挲着桌子光滑的边缘，指尖传来的冰凉的触感让心神暂且安宁。该如何定义这是人影，形状？看看双手，那这也一定是人。颜色。透明与不透明。银色，锈色，深绿色，皆不会是生命的颜色。用何种途径的观察？都没有疑问，反正睁眼就消失，陷入黑色中才能看见，永远如此。它或他是在何处孕育，在呼吸中生成，这是来自何处的意愿。混沌的，无面的，长着翅膀。柔软的呼唤。好啊好啊，在重回山顶的路上俯首祈祷，向前往后，最后再听一听奇迹的余音。

"人影，难道这是外星人的样子吗？"李迎骄脸上露出怀疑，不知道这个图案又是什么意思。外星人长着和人一样的外形对双方都是件困扰的事。

"我不知道，那个图案很模糊，而且很快就消失了，我以为这个信息也对你们的调查工作会有用。"霍辙解释，他习惯性地将手伸向口袋，隔着布面挠了挠大腿，在传回舒心的痒感后又将手拿出。他觉得这个动作会让对面的人误会自己的意图，可他并不决定隐瞒什么。

"这也很关键，一定会有用的，再次感谢你的帮助。"马罗朝着霍辙宽慰地点了点头，肯定漫长对话后艰难的收获。一段音律与一幅模糊不清的图影。

一切都说完了，霍辙觉得大脑像被倒空，再抽空，什么都没有，却还是沉甸甸的。他想起自己某次醉酒后的经历，也是这样，漫无目的地奔跑过几条街。在经过路口时倒是听到过什么音乐，声音不断低垂，像是房屋发出的呜咽。醉意让他整个人变得软绵绵，步伐仍旧一刻不停，鞋子就快与地砖踏出火花。大概还是有点意识吧，反正每向前一步都在出差错。最后竖着身子回到倾斜的房间，发觉四周的墙壁排山倒海般向自己碾压，身体则被牢牢陷死在墙壁与天花板交角的平分线。影子，没有实体的身体，透明的晶体，怎么会看得到呢？

"我最后还剩一个问题，"霍辙语气又变得很谨慎，问道，"我想知道我什么时候可以离开，我恐怕真的不能给你们提供更多有用的帮助了。"

李迎骄看了眼马罗，回答道："现在让你回去恐怕还不行，虽然那些外星人还没有行动，但外面依旧很危险，我怕到时候又出现什么像昨天一样的意外，所以你最好还是待在我们为你准备的房间中，肯定不会有任何事。"

"霍先生，我希望你能理解现在的局面，"马罗说，"我们不能确保你在外面的安全，外星人很有可能再次与你接触。而且在半小时以前，上面同意'矢量号'星舰离开月球基地，正式前往火星基地与外星人接触。无论怎么说，至少我们的基地可以算最安全的地方之一。"

他对自己不能出去的结果感到很失望："我真的累了。我根本就不想参与这整件事，我把能记起的所有记忆都原原本本告诉你们了，我只是个普通人，你们不能真指望我去拯救全人类吧。"

原来还是被囚禁了，他有些失望，但在意料之中，他自怨自艾，遭遇外星人这样的大事，自己这位"当事人"怎么可能轻易撇开关系呢？就算真的能从这里回去，自己还能适应活在外星人威胁下的生活吗？目前只有这地方才是最好的去处吧。按那些人的说法这就是世界上现在最重要的机构，只有他们才能保护全体人类的安全。是啊，安全，还有自己的安全。

马罗沉默不言，他握着手中的电子笔，将手指轻轻弹开又迅速反了个面用另一根手指把笔勾了回来，他像在思考问题，突然手中的笔"啪嗒"一声掉在桌子上，他说："霍先生你说得对，我仔细考虑后认为你完全可以回去了，稍后我会安排人送你离开。"

李迎骄的神情突然变得很紧张，他起身焦急地说："可是长官，他们不是说要留……"

还没等李迎骄说完，马罗立即打断说："不用管那边的命令，这项任务就是我安排的。等会把霍辙先生送回带他来时的地方，如果上面有什么问题我会全权负责。"

"但他不是……"李迎骄还想继续争辩。

马罗也站起来，他对李迎骄说："相信我，这件事情已经和霍辙关系不大了，他做了所有他能做的事情，接下来的事应该交给我们，我们就不要再为难他了。"

李迎骄还是很疑惑马罗的决定，他表情奇怪地看着坐在对面的霍辙，又看了看马罗，最后重新坐到位子上。

霍辙同样意外，没想到事情如此轻易就出现转机，出于礼貌他还是对马罗与李迎骄表达了得到理解的感谢。

马罗从座位下拿出另一块平板，对霍辙说："这是一份保密协议，在离开后你不能将在这里经历的一切事情告诉任何人，包括你的亲朋好友。如果你接受这份协议，就在最后签个名，稍后我们会把你送回来时的地点。"

霍辙草草翻了几页协议，跟马罗说的一样，上面事无巨细地列出所有可能涉密的项目，他也没打算逐条读完，一下子拉到最底下签完了名，问道："签好了，然后呢？"

对面的两个人没有给出任何答复，他不知道自己要怎么回去，如同凯旋的骑士？

他感觉身后的门被再次开启，有人朝自己的方向走来，来不及回头，又是一阵熟悉的痛感，与被注射药剂的感觉完全一样，脖颈部位传来酥酥麻麻的刺激，身体失去平衡，再一次瘫倒在座椅上。

在失去意识前的最后一瞬间，他的脑中重新显现出那段声音与那个人影。记忆仿佛在那一瞬间开始融化，终于变成真正流动的影像。他彻底回想起来了。那段似乎规律的声音只是因为移动厕所顶部的水管在漏水，还有那个模糊不清的银白色的人影，正是自己在厕所不锈钢门板上的倒影！

第三章

周日下午，街道上的车来来往往，朝着所有方向运动。早在三十年前，城市中就禁止使用以各种化石燃料为能源的交通工具，所以城里的秋天很安静，可以听见起风后树叶飘落的声音。从街角传来面包的香气，是新鲜出炉的，伴随远方吹来的风融入树的呜咽。这条马路不宽，两条车道，路边的房子也不高，只有两层，所以连孱弱的秋风也敢在这有恃无恐。又一片树叶盖在污水管道口，渐渐堆成一座金色的小丘，好在这个季节的雨全部落完了，以后的日子里就没有水的记忆。

霍辙从长椅上醒来已经整整一个小时，他坐在椅子上，除了发呆就是看着偶尔来往的行人，看他穿什么，看他们走路时在干什么，看他们会用何种眼光注意自己。走路或坐着，看或被看，都只是朴素的运动过程，没什么值得他从客观角度分析的意义，正如他当下在做的事情。城市很大，这条街很静，兴许是天气转凉的缘故，即使是周末也没有多少人路过。从这向北再走过八个街区，那儿有成列的高楼大厦，那里繁华，那儿人多，那是城市中心区。离那里可相隔了整整八个街区。

　　一对情侣从他身边经过，他听见女人正和男人商量着下星期的安排，男人的兴趣则完全不在这个话题上，只是敷衍地用"嗯""啊"应付。走过三棵树后，女人似乎发现男人的心不在焉，往男人的后腰轻轻挥了一拳，男人惨兮兮地痛叫一声并疑惑地回头问"怎么了"，女人不想解释只是气鼓鼓地快步向前走去，男人就慌慌张张地跟在后面追赶。两人在街角拐过弯后就听不清他们的对话了。他想象着男人与女人在下一个路口又会因为什么琐事争吵，等过一分钟后又和好。再吵再好。他有预感那两个人注定是会结婚的，婚后波澜不惊的生活也要靠这种毫无意义的争吵调味。他想到自己的生活，看了看日益粗糙的手掌，感觉自己就是个自视甚高的"混蛋"。在过去数年内他永远把自己放在第一位，从未考虑过找对象，甚至对所有社交生活充满抵触，尽可能地少去任何可以省去的活动。攒钱，攒时间。他始终坚信时间是自己最重要也是最安全的财产，为某些场合投入时间与精力根本得不到任何回报。对无聊的小事他却从不吝啬挥霍时间，就像打发这个下午，被准许的"双标"。

　　他回忆起多年以前，平生第一次对自己感到厌烦，痛恨自己的平庸。在迈入社会前他曾幻想自己有过人的才能，将来必定能以令周围人羡慕的姿态进城市中心区生活。但学会接受现实是迟早的事，其实自己在大多时候也只是沉闷粗俗的普通人。一层又一层的知识是珍贵的，攀爬是艰难的，他既没有过人的学习天赋，当然也还享用不起额外的学习。于是便习惯成为三千万分之一，茫茫的人海里，高一点或低一点，看不清最微小的差别。总之他现在还是一事无成，所有曾引以为傲的小聪明都无法从本质上解决生活的困境。

　　他不知道自己还有没有机会去一趟城市的中心区，摆脱现在枯燥的生活。计划是还有二十九年，说短不短，说长，真的很长。他还年轻，还有大把的时间可以努力。被熄灭的冲劲也很容易死灰复燃。他又开始认为自己在某方面是有天赋的。无凭无据，忽然又有些伤感，每次想到这些正要发生的事情就会开始犹豫，他不知道自己等到下一个工作日继续重复同样的工作有什么目的，为了去中心区吗？去中心区又是为了什么呢？那里就有幸福吗？这就是自己人生的全部追求吗？呵呵，开始变得和古代哲学家一样思考生命的意义。对霍辙，还有城市中无数位和他命运、经历相仿的同类人来说，一旦决定在这地方扎根，就意味着必须遭遇一场场来势汹涌的体验。尽管出于习惯会责备自己的出身、天赋、能力，但从概率上说并不值得遗憾。他不比多数人更差，甚至某些时候还比别人更有想法。但同样的，大多数人将保持着和他一样的想法。于是他也不自觉地在城市感染上一种流行病，容易为平淡的琐事而敏感脆弱。在胡乱揣测的最后他就嘲弄自己，生命的意义真的能靠思考得出结果吗？

　　哦，对了，外星人来了。

霍辙打开手机，呆滞地扫视着一条条与自己毫无关联的新闻，看着社会的热点又换成了完全陌生的另一批，他才发觉从昨天到现在真的已经过去一天。他的右手牢牢抓着手机，感受金属外壳上传来的温度。大概这个小玩意里真的藏着一个更大的空间，用于躲避来自现实的困倦。秋天，这个季节连时间的节奏都是无序的。明明有整整一天的时间被无缘无故地剥夺，却感觉不到自己的生活因少去一天有任何缺失。这一天仿佛命中注定就该是空白的，就像手机里的垃圾短信，即使被成功接收也注定逃不开在数秒后被清除的命运。

他不断滑动着联系人的名单，他很想打个电话，却不知该打给谁，谁会接呢？打过去又该聊什么？难道找人抱怨过去一天的经历，说自己无缘无故地失踪一天，但在有人发现自己失踪前又神奇地回来了。他的腿一软，身子跟跟跄跄地晃动起来，到底还是没有被人注意到。还有那份协议，保密协议，他不知道那份保密协议中未读的内容会有些什么，在签完名的一瞬间便昏倒过去，醒来又是从前的街道。记忆的断片。他不打算去挑衅这份协议的威力。关于过去一天的经历，本来就没有什么好说。发生些什么？福祸相交，也没人会有兴趣听他虚构，也许自己真的拯救了地球，做了件大好事。他知道过去发生的都是真的，自己做过的事情。他相信自己的记忆。

手机震动了一下，是一条新消息，但他还没来得及看手机就没电了，屏幕在亮起的一瞬变暗，彻底暗了下去，映照出他的脸庞。他从封锁的黑盒子中弹了出来，又回到了城市的街上。不会有什么重要的信息的，只不过是广告罢了，他对自己解释。好吧，现在总该回家了吧，他往后一靠深吸一口气，有些无奈，但不愿凭着杂念多想，自己可以少做一个选择，这周已经浪费了太多的时间。可是一想到那间住所，必须穿过拥挤甬道才能抵达的那处黑暗密闭狭小的空间，只会让人感到窒息。虽然今天是周末，他就该被锁在那里，自娱自乐。等到明天，又是一个同样的早晨。除非外星人与人类挑起战争。听到的种种声音。他们真的能与外星人和平协商吗？自己根本什么都没有说。那段水滴的声音中怎么可能有外星人的信息。它们从亿万光年外赶来，用一道高能粒子流切断了一间移动厕所的一根水管，并用滴水的声音与地球人开始正式外交。自己真的骗了他们？但说的都是事实，也从没得到过消息。他将脑袋转了一圈，决定相信自己的判断。想了想，又觉得自己其实应该留下的。

想要回家。

去那间阴森森的房间，空气也是一股霉味。磨损得厉害的瘸腿沙发，只是因为懒得带下楼丢弃便堆积在角落，强行让空间臃肿。家里没有人，推开门不会有谁来迎接他，只剩家具是忠实的成员。灶台也是冰冷的，太累了，工作后是没有力气再多说一句废话的。那个地方只是间房子，越是久住越是陌生。不过又能指望这些如蜂窝煤一般的黑压压的老旧矮楼治愈什么，一环又一环地连着城市的街区，大概只是为了呵护城市里面散发出的光亮。正对着窗台的是木柜，柜子上传来钟摆声，一台从二手店收来的老旧台钟，钟面上的玻璃盖都碎了，但他还是一眼就看中。至少摆锤来回晃荡的声音会让他感到安心。床。卧榻。足以鼾眠。何求？他已经习惯了一个人的生活，他所在的空间也容不得再多的他者。

没有任何原因，他就是不想回家。

在经过几秒钟的来回晃荡后他又觉得恐惧，想到外星人不是谣言，他开始本能地战栗。也许只是因为太冷了。他从路边的长椅上站起来，原地转了几圈，地上的影子也在转，二维的反转。有影子的人是不孤独的，还是因为看到影子才感到孤独？也许一个人面对有些难题是会手足无措，但即使有一个能和自己心有灵犀的知己又能怎样呢？分担埋藏心底的创伤，认可被误解的冲动，最好相信自己真的与外星人发生了沟通，即使有些事实不说也能明白。这样的人真的可能有吗？也许只有外星人才能做到吧。他很难接受在路上行走的这些与自己无比相像的普通民众还生活在一个谎言中，没人会抬头看那把悬在空中的剑。人们只是工作，只是生活，在过去整整两个星期内就是和现在一样，从前以后，永远一样。外星人只是谣言，谁又骗了谁，谁能看见真相。啊，这么一想安全多了。霍辙感觉很渴，和自己争辩得有些累了。

走进街边的便利店，他注意到电视正播放着新闻，主持人用戏谑的语气向观众介绍网上各种有趣的新闻："让我们来看这一份网络调查，统计显示，约七成民众认为如果有一天外星人真的来到地球，人类有权对外星人率先发起试探性的进攻。"这是新闻节目的最后一条，接着跳转到广告。杀虫剂。电视机里的老人拿着杀虫剂笑得很灿烂。为什么广告会请老人来代言？因为人们看见他更老，会花更多的时间在生活或琐碎的事情上，人们以为他们有经验。拿时间担保是最有说服力的。

老板不屑地骂了一句，随即拿起遥控器换了个频道，是个电影频道，一个关于外星人的故事。电视台节目在追踪社会热点，这叫紧跟时事。两个星期，也不新了。

霍辙在电视机前杵了好一阵，他想起那个高高在上的机构，真正触不可及。如果马罗失败了，那些人最后真的决定对外星人发动战争时，是不是要先开始舆论造势？就像新闻报道中的一样。他又觉得外星人其实离平民真的很远，即使媒体不断报道世界各地的外星飞碟，但是多数人并没有对这些网络上的传闻感到害怕。人们会害怕失业，因为会失去经济来源，人们担心自然灾难，因为会威胁生命，这些都是真的，且确实随时可能会发生。如果有人担忧外星人来毁灭世界，那会被别人认为纯粹是在没事找事。他想起自己在走道上站了好久却忘记买水，举目向店内望去，货架上压满商品。他从叠合的层级间挑出水拿到收银台，又突然记起自己手机没电不能付钱。没带现金，一个硬币都没有。他讪讪一笑重新把水放回货架，侧身挤过窄道，离开便利店。

街道还是和先前一样安静，从昨天到现在都一样，脚前的路砖上闪动着刺眼的光斑，是阳光透过树叶后残留的痕迹。这种灿烂又自然的痕迹应该是好看的，如果那块路砖上没有布满龟裂细纹的话。他走到树叶的间隙下，伸手挡在阳光的传播路径上。头顶的圆环消失了，地砖也陷入沉默，那道裂纹在昏暗下变得费劲。他环视一圈这条街道，眼中滞留着直视强光过后的彩色光斑，他竟发现目光所及之处只有这块地砖是残碎的，没有阳光正好透过树叶缝隙的指引，也许根本不会有人注意这块用脚就能盖住的缺陷。他想起刚才那位便利店的老板，他和几天前的自己一样完全不会去相信什么外星人的传言，但是现在呢？自己知道了真相，他们还不知道。如果自己违反保密协议把外星人的真相告诉他，他会做何反应？当然这是不可能的，这是他们不被允许知道的真相。早点告诉他们也不会对将要到来的事造成更多影响。他注视着自己的双手，上面有光线碎裂的残痕，有些脏，他擦了擦，还在，看上去更像一块血迹。他仔细看着这块玫瑰色的皮肤，血管闪动着波纹，他忽然有些明白了，原来是牛虻被尾巴抽死了。

　　他继续沿着街道向前走，只要再经过一个路口就是那间厕所，自己陷入这场诡异遭遇的起点。无言地向厕所移动。红灯。停下。如果自己没有去那里大概就不会知道外星人这件事了吧，为什么昨天会去那间移动厕所呢？他一点都记不起来，在去厕所之前的记忆有明显的断层，又像思维上的禁地，阻止自己对这段并不愉快的回忆追根溯源。要是昨天没去，那今天以及往后，他是不是也和大多数人一样，继续重复工作与休息，无聊，至少安全，至少会以为安全。路上卷起一团灰色的烟，尘埃就此起舞。时间不可逆，空间也在永恒地运动，没有什么是绝对静止的。什么都无法回到原有的起点。为什么要假定过去呢？这种假设没意义，连得到的经验都是假的。醋眠，剃刀将身体分离，未来还有得选。他还没有去过城市之外，就像没有去城市之内，只是恰巧活在城市之间。继续往前走，风景就继续变，车少人也少，建筑物越往外圈便越低矮，这便是城市规划时制定的规律。一直走到最外面，房子就完全埋进土里啦。那是一个圆圈与另一圆圈相切的地方，圆外的空白地带，并不存在任何空间的版图中。是荒野，是流放地。是旧城的墓冢。因为那里没有被规划高楼，所以从前的建筑就一个劲地往地下钻，直到变成粗犷的大颗粒。辽阔的夹缝间，寻见城市中不曾遇见的景致，云天苍茫，繁星闪耀，嫩绿新芽如宝石般蛰伏在被熄灭的枯枝中。翻滚的，分娩的，静穆中的呢喃，灰紫色暮霭下，一种名为生机的东西正要醒来。

一切未被形状所拘束的无限线条，一一融入远峰的碎片中。

狭窄的路口没有任何一辆过往的车，街道尽头也没有传来引擎轰鸣的声音，但信号灯是红色的，他不敢越入雷池半步。马路上也许某个瞬间就会冲出辆失控的车，而站在一尺高地上就会感到更安全些。他担心自己会死，这是一种病态的胆怯。作为一位挽救世界的英雄是不能轻易死去的，生命从此变得有价值了，承载着万万人的未来。他比从前任何时候都更关注自己身体上的创伤，任何最细微的知觉都变得更有意义。但是看向影子，躯体勾勒的只有一团无差别的黑。

　　信号灯绿了，他没有继续向前，换了个方向。尽管心中有种强烈的冲动一再驱使他去看那间移动厕所，他想知道那间被外星射线击中后的厕所有什么不同，但还是不愿意再往那个方向走一步。这是一种无理由的克制，与自身欲望反抗斗争。一遍又一遍地对自己强调，那就是个普通的厕所，没什么不同。彻底忘了这件事，快快回到正常的生活轨迹中吧，那不是该操心的事，是场意外罢了。忘了！！！他甚至想让自己相信过去一天中所有的经历都是虚假的故事。他开始尝试为自己编理由：昨天只是在大街上睡着了，不过是睡了整整一天，那些事情都是梦；其实现在也是做梦，一个清醒梦，马上就会醒来了；这些是昨天睡前大脑的胡思乱想，都是瞎编的……一堆荒唐的解释被他反复使用，但每个理由到末尾的时候他的大脑又会自觉地纠正他，千万不要以为过去的只是"梦"。心跳再次变得火热，脸颊火燎燎的，就快把骨骼外薄薄的皮肤烧得面目全非，他笨拙地揉捏着脸上的肉，透过肉膜感受那具侵占身体的骷髅，又努力让自己再也认不出"移动厕所"这四个字。可是每当脑海里的影像开始模糊，语义变得混沌时，总有一道"白光"从思维之海中闪过，又一次澄清那些脑海中的影像。

　　假设一个谎言，虚构一种阴谋，表演一场大愚若智的行为。

　　他揪着头发坐在路沿上，大脑从来没有像现在一样清晰。记忆呈现的方式，是无声的电影。回想起的应该是照片，纯粹静态的画面，拼凑后竟然流动，事件便得以发生。记忆影片悉数播放，即使在颅内也会有广延，充斥整个空间，世界变得完全虚拟，现实的维度不复存在，无数片段中放映的正是生命的缩影。怀疑者如是说。

　　一辆洒水车播放着音乐从另一条街拐过来，音乐旋律很熟悉，可他想不起来。他知道自己能说出这首曲子的名字，但大脑没有更多的精力将这段信息从混沌的记忆中分辨出来。洒水车越来越近，犹如奔袭而来的洪水猛兽。在那一刻他觉得那水汽喷洒的声音也是"滴——滴——滴"。记忆回到那段漏水的水管，又想起那间厕所，水滴砸穿颅骨，喷出鲜红色的酒。树梢将在秋天吐出新芽，是白森森的印记。洒水车临近了，还是从路的边沿站起，刚才那样坐着很舒服，但他讨厌那辆洒水车，以及扑面而来的水雾夹杂灰尘的气味，弥漫着白花花的远景。到底是从什么时候起街道上突然出现了洒水车？尘埃越聚越高，被天上的大洪水冲散。变成稀烂的泥巴。人就是这么来的。不合脚的鞋子顶着指甲盖隐隐作痛，他不愿继续闲逛，想找个地方继续刚才在路边的思考。

　　这也能算思考？

　　十米外的路灯下有个人在发传单，黄色的马甲上写着过于浮夸的两个大字"健身"。他不想和人接触，任何人，他不知道自己应该用什么样的语气和人说话。脸上的表情是和善的，还是严肃的？经脉闭塞，人是呆滞的，根本做不到强挤出一张笑脸。霍辙的心中响起一股喧哗，他想冲那个马甲男大喊。他又低下头继续走路。用理智提醒自己还没疯，不要影响别人的生活。这不仅是因为保密协议，更是信不信的问题。他故意调整了路线，避免遭遇那位马甲男。然而对方还是注意到他，街上就这么几个人。躲不过。马甲男几步小跑追了过来，硬生生塞给他一张广告海报，然后头也不回地转身跑开。

他叹了口气，酝酿中的恼怒无法被煽动得更旺盛，但还是捏住了手中的广告纸。庆幸没有发生任何对话，马甲男没有问名字，也没有要联系方式。他总以为自己全身湿漉漉的，以现在的状态，恐怕说出的任何语言都会被对方理解成深深的敌意。手里是一张健身房的广告，上面尽可能地罗列出所有健身器材的图片。还有肌肉夸张的教练，露出灿烂的微笑，似乎在向所有人宣告，拥有肌肉就会得到快乐，但恐怕他们真正想说的是拥有健身卡才会拥有快乐。他没有兴趣再去阅读后一页的优惠信息，办年卡还是次数卡都不如不办卡来得省钱。健身教练的本质是销售经理。他在对折海报的时候又想到，如果外星人真的对地球发起攻击，那么这家健身房还会开门吗？这些之前办卡的会员还能退款吗？如果因为外星人入侵而造成财产上的损失或因此丧失性命，保险公司会理赔吗？这也算是不可抗力的一种吗？果然钱还是留在自己身边最保险。不对，到那时候钱还有用吗？战争必将带来全世界范围的通货膨胀，那时候只有食物才是真正的硬通货。首先还是得在战争中活下来吗？即使有钱谁又能花完呢？谁来保证安全？安全，对了还有那个机构，霍辙试着在脑中想出这个机构的具体样子，而不仅仅只是简单的几个字，也许他们就是人类面临危机时最后的希望。

但他又觉得很讽刺，自己，在几个小时前还是拯救人类的英雄呢！记忆啊记忆，一位英雄，祈祷千万不要战争。他担忧，人们会怪罪他吗？这一切，真是捉弄人。

绿化带边上有一个垃圾桶，他将手中的海报连带着自己的胡乱思考揉成一团，一张便笺纸从海报的夹缝中滑落。上面画的是张简陋的地图，几根简单的线条，标注着附近的两条街道，而在路线的尽头有个位置被标了颗红星。很幼稚，就像小孩子做游戏时随意画的藏宝图。

他转身寻找发广告的那个人，却发现街道上空空荡荡，马甲男已经不见了。这张纸会很重要吗？也可能就是个恶作剧，他犹豫了一下，还是没有扔掉这张便笺。他想去图上画的那个地方看看。他不知道自己为什么会有这种冲动，一股狼吞虎咽式的冲动。只觉得无所谓，反正也没事。思考的问题被打断了，那就去看看吧。

便笺上的路线图虽然画得简单，但把道路上的所有细节都标注得很准确。地图上这个巷口的前面画了一棵树的标识，果然在对应的地方正好有棵醒目的大树。是棵栗树。树正对着巷口。即使是白天，巷子也因为两侧楼房显得幽静。他靠近观察，栗树皮上的纹路一层又一层地堆叠，这是树的记忆，不会轻易遗忘。栗树的枝干挂在半空，神态依然是高傲的，作为通道的守卫，就必须捍卫职责，可一旦选择扎根，也就无法再像骑士那样四处巡游。梢头的叶子随着风不住地颤动，青黄不接，也还有些叶子，和一些冬日将临的气味。

　　巷子底就是标签上的红星的位置，他在树下踟蹰了片刻，又往里面瞅了瞅，冷冰冰，黑黢黢，没有人。前面像一组平行的轨道，在黑暗中戛然而止，是悬崖。他还是决定往巷子里面走，路就在那。巷子里的光线逐渐变暗，地面也比街道上更潮湿，隔着几米便会出现个小水坑。他抬头看了眼两侧的楼房，不高，就两层，却像汹涌的潮水压迫着向自己压来。这条窄窄的道路是从水里劈开的。巷子没看上去那么长，几步路就走到尽头。他回头一看，恰好一辆货车停在巷子门口的栗树下，遮蔽住这条小路的活眼。嗯，到了。

　　他重新掏出那张便笺纸，对比着地图的标识与自己所在位置。没有走错，现在就站在地图的红星标识上，但是自己的周围除去一堆建筑垃圾，什么都没有。死路。他有些眩晕，该怎么办，没有路该如何漫游，没有云梯何从攀爬，没有坦途何以抵达深渊？

　　一阵怪风无缘无故地凭空卷起，他注意到前方的墙壁上似乎有种正在蔓延的征兆，一块广告牌被倒挂在半空中。广告牌的灯早就不亮了，但是上面用红粉笔弯弯扭扭地画着一根线条，旁边还有不同颜色的符号标注。与手上的字条是同一风格，似乎又像条新的路线。他顺着箭头方向看去，那个角落堆着一个油漆脱落的集装箱，沉淀出一层层生锈的味道，一阵刺激且陌生的气味。集装箱前还堆积着一排木箱，像楼梯一样高低排列着，他在心底大致估计，正好可以踩着上去。

　　于是便按指示走着，好奇心驱动他去验证心中的想法。也不去想，是懒得想，被控制，也是所谓自我意志。他向前迈了一步，退回了刚才的小道里，躯干在往前面挪动，接着回到那棵树下，继续拖动着迟缓的步伐，重新返回阳光下的大道，还是爬上了集装箱的顶部，果然末端又有另一条窄路，和广告牌上标识的一模一样。

　　太顺利了吗？应该感到担心吗？这张地图与线条的指引会通向什么地方？向着最坏的方向怀疑。会不会这是外星人的阴谋？霍辙又开始无端猜测，从那里回来，他发觉自己胡乱猜想的能力像被突然发掘，再熟悉与合乎常理的事物与自己间都有了隔阂。刚才那个马头男其实是个外星人，它们想用这张路线图先把自己引到一个监控的死角，最终完成绑架。刚才这些路线都没有具体的文字，只是不同的图案与颜色，就像不懂地球语言的外星人做出的指令。一个大胆的假设得以建立。原来自己上当了吗？他竟意外地没有害怕，太多的理由告诉自己这是不可能的。外星人找他有何用呢？普通且平凡，随处可见的样本，引以为豪的最大优势。最坏的假设吗？可以想到的假设都不会是最坏的。他明白这是一种没道理的迫害妄想症，没想到有一天也会与自己产生隔阂。

　　他迫切地想验证自己的猜想，如果路的尽头真是外星人，他也想知道这些将自己从平常生活中抽离出来的生物到底长什么样。线条能画得那么清晰，数学与图像的理解力，至少它们也是三维的。在被自己混乱的记忆与知觉折磨得够久后，是时候去见见背后的答案了。脑中浮现出一句话："朝闻道，夕死可矣。"不知道为什么自己会如此相信墙上的这些符号，但是这些记号背后就像存在着一股力量，一种信念般的趋势，也像是消磨时间的本能。前方的道路并不明亮，但在黑暗中会有自己要知道的一切。对于外星人的恐惧被完全压抑，而现在唯一要做的就是向前走，踽踽独行，他很想在城市中寻见真正的外星人。

翻过集装箱后又是一片水泥地，地面很脏，却没有垃圾。从厚厚的灰尘上可以看出这里很久都没有人踏足。他无暇如游乐般记下所见，只想着回忆广告牌上的路线，定了定神便快速向前面的端点跑去。现在他只担心，怕这真的只是场恶作剧，怕最后走进的是自己臆想的冒险，等到尽头才发现其实什么都没有。万一是死路。出不去，那该向谁控诉？

凭着广告牌上的图案终于走到了那个位置，果然是死路，一堵结实的水泥墙封印了去路。又在自作多情。他安慰自己这是一场没有方向的旅行，旅行目的仅仅是浪费时间。没有任何征兆，他注意到粗糙不平的墙上有一串并不和谐的符号，突兀地显露在视野的中央，平面上。那是由许许多多三角形、圆形以及没有任何规则的曲线穿插而成的奇特图案，他吃力地辨析着，在他眼里这些花纹的构成极其滑稽。在一个圆圈中排列着数个臃肿的三角形，圆的周围生硬地穿插进几条曲线，似乎在硬生生地拽拉着三角形。像是地图又没有指出任何方向，甚至难以从这杂乱的拼凑上看出任何有用的信息。也许爬虫在墙上用黏液留下的痕迹也可以视为一种符号？他顺着一众三角形的尖角抬头仰望，头顶是块四方形的天空，天很蓝，看不见一朵云，所以只是一块蓝色的色块。多久没有只看一片天了？像被绝缘一般。有一排脚手架倚着墙，目测高度足以翻过前面这堵墙，于是决定将计划付诸行动。的确是有幽灵在引诱前行。

他将脚手架推到围墙边，将双手搭在铁栏杆上费劲地爬了上去。印象中很久没见过脚手架了，从多年前开始城市里的楼房都是由半自动工程车完成，当然这仅限于那些新建楼房，像自己住的那栋楼竟会有半个多世纪的历史，那时候建房子恐怕用的还是这类原始的塔吊机械装置吧。现在早就消失不见，甚至他已经许久未在自己生活的老城区见过大规模的施工地。他想到自己住的古董房子的天花板，每天都会抖落一层灰，远比不上新城区那些智能且环保的新式住宅，更不要说城市中心区的那些摩天大楼，据说市中心的那些高楼都是由专门的建筑无人机完成。无人机是如何建成那些数百层的高楼呢？大概和蜂群修筑蜂巢是一样的吧。这么密一定快得很。毕竟是那么辉煌的建筑物，谁能建造？也只有无人机才能毫无负担地被挖去双眼。

翻过墙后是一条更狭长的甬道，他没有多想直接走到底，又凭借直觉通过下一个转角，那些抽象的图案如同图腾般烙在脑海中。他深深地记得这些图案的模样，仿佛图案并不是在指引路线，而是由陌生文字组成一句话，一种显著的特征。他对这种语言感到陌生，虽然无法从中得到任何实质性的回应，但是又指向了另一个切实存在的假设。路线的表达方式变得不再含蓄，而是用一种清楚明了而且直接的方式阐明。那个诡异图案仿佛幻化成一个影子，将明面上的抽象转译成能理解的语言，用的是一种失而复得的声音。于是走啊，自然会跟着一起走，跨过那座阻拦无数人的桥，脚下便是一道蜿蜒的小路，路通向哪里，一片漆黑，大概会在午夜时分抵达一座森林。

现在具体在城市的哪个角落？他也分辨不出了，已经被打散在起伏的楼宇间。在这条甬道中看不见市中心那群灯塔般的高楼，这座城市真的有这块地方吗？也许这才是城市的原样。路啊，楼啊，什么其他的，一切只是对照。他从未涉足这里。记忆里这里应该是一个完全废弃的老旧工业区。随着城市中心区的高楼建起，每个城市都有一大批公司莫名关门，据说这些公司的老板把自己的全部产业卖掉换取进入高楼生活的资格。还有人说，这些只剩空壳的公司只是被时代淘汰了。怎么可能？那么多厂房，能容纳数万名工人接连不断地工作吧，即使四下无人，那些机器也会凭借余温轰鸣，这才是城里的雷声。四周很安静。他更确信自己根本没来过这里。如果没有这些诡异符号的指引，或许一辈子都找不到这个地方，废墟里，没什么值得踏足的。他很快走到路的尽头，地上又是一个诡异的标志，两个倾斜的半圆，他完全看不出地上的符号有什么意义，但他知道刚才自己走得是对的。前面是一条更窄的巷子，硬生生地卡在两栋楼房中间，每次只能容纳一个人通过，霍辙毫不犹豫地钻了进去。

路的尽头是面铁门，像被镶嵌在锈蚀的石块中，霍辙握着凹凸不平的把手将门转开，随着昏沉的光线灌进小道，视线便开阔起来。他看见里面有位头发灰白的老人，躺在一把藤椅上，身材瘦弱却挺拔，干枯起皱的皮肤上渗着一种不健康的惨白，那人的脸颊又松又塌，脸皮卷着肥褶，一层又一层。难道是他指引自己到这里来的，他到底是谁？说他是外星人也不会感到任何奇怪。

老人边上放着一台至少有几十年历史的收音机。电台是一种神奇的物件，即使现在通信网络很发达，但是这百年前的产物，依旧能保留着良好的生命力，声音的能量还未在穹顶下彻底散去。网络传递信息的速度很快，可总有一部分人仍选择通过最原始的电波频率了解世界。在大多数人眼里不能更慢的交流方式，更慢就没有获知的必要。那条来自火星外的信息亦是如此？最蠢的方式。霍辙并不属于能接受慢的那类人。在其他人都快的时候，慢是奢侈的。拥有无限空间时，才会渴求被锁起的圆环。所以传递信息还是靠飞吧。信鸽不错。听话，它也不懂得篡改原话。即使羽毛融化，所念之意也将随风飘扬至海上。

令人奇怪的是这台收音机并没有播放任何电台，只是发出"沙沙"的声音。白噪音。

"过来，这里。"老人注意到了他，头歪向他瞄了一眼，说道。

霍辙停下脚步，看着那个衣冠不整的老人，头发乱糟糟的蓬成一团，和收音机里的声音很搭。这附近明明没有住宅区，老人是从哪里来的？一直住在这里，废弃工厂的最后看守者？退职的人，年纪多大了？真实的一百二十岁。他的样子反倒像乞丐，但乞丐住在这里不有些太偏僻了吗？街道边的公园更适合无家可归之人。所以当所有可能被一一排除后，难不成，他真是外星人？

"嘿，就是你，别傻愣着，倒是过来啊。"老人又开始不满地催促。

霍辙停顿了一下，还是握着拳轻轻走了过去。如果老人突然腿脚利索地站起来那就是对自己的侮辱。

"唔，没错，就是你。"老人看见霍辙走过来，眯着眼打量了一会，说道。

"您好，请问这是什么地方？"霍辙尽量将自己的语气控制得柔和。他根本不想说话。

"别问我，我不知道，老头儿我就是个看门的，啥也不懂。"老人冲霍辙咧嘴笑了一下。

"那我到这里来？"霍辙问。他开始认为这一切是眼前这个老人的恶作剧，闲着无聊找乐子？自己以后绝不会变成这副样子，将死未死，在这种地方。那会去哪儿？中心区。也许吧。

"等着，马上有人出来接你。"老人侧过身拨弄了一下收音机上的两个按键，机器依旧播放着白噪音，音量更小了。几不可闻。

"能不能告诉我，那段符号是不是你们……"霍辙还是忍不住发问，他觉得周遭氛围变得诡异。身体无意识地紧绷，只要愿意随时都能战栗。这是他的超能力。

　　"都说了我不知道，能不能闭嘴，别自找没趣，影响我听收音机！要是再敢多说一个字我保证会让你后悔。"老人的语气毫无征兆地就变得恶狠狠，他是认真的。

　　霍辙被呛了回去，他不明白为什么这位老人开始对他恶语相向，不过他倒也不相信这个老人真的能让他完成任何关于身体的指令，或迫使自己在行为上遵守什么规范。又不是在那里，他想到了那个房间，铺着软毛的地毯，温暖的环境，而现在，完全可以用阴暗形容的小巷，墙壁上滑腻的水渍，石头缝里与腐败共生的苔草，毫无生气的老人。只是他更想知道到底是谁来接他，而且这路上发生的一切到底都是什么。算了，还是用这种效率最高的办法吧。他找到块还算干净的墙壁倚着等待。

　　"我对你越虔诚你就离我越远，我越挚爱你就失去你越多，如果你已经死去，我将不再相信一切你的谎言。你应该原谅我，向我指引，向我诉说……"老人在低语，像是忏悔，他的说话声慢慢消隐，与收音机的噪音渐渐融合。他的神情变得阴郁，脸上满是痛苦。

　　这是在祷告吗？但为何他说得如此奇怪，就像在……赎罪？霍辙疑惑，也不敢问，为什么不呢？只是习惯于控制着自己的好奇。

　　大约过了一分钟，老人身边的墙壁后传来一阵异响，一扇隐蔽的门出现在巷子中。从里面走出一位身穿黑色作战服的少女。霍辙盯着少女看了一阵，发现她有着与外表年龄不相符合的干练，身材苗条，黑色睫毛下的眼睛明亮有神，像冰层下潺潺流动的活水，暗红色的长发被她绑成干净利落的马尾，穿着牛仔裤，与上身的深色作战服一搭配显得格格不入。她的腰间围着一根战术腰带，挂着几个精致的物件，边上还别着一把匕首，这并不和谐的穿着，却带有特别的情调。他不明白为什么会观察得如此细致。

"霍辙？"少女没有去理睬那位老人，径直走到霍辙面前冷漠地问道。

"是，我是……"他下意识地回答，但还没说完就被打断。

"跟我来。"少女转身向那扇隐蔽的暗门走去，没有再留下任何一句废话。

霍辙看了看四周，眼下似乎没有留给他任何其他选择，他又回头看了一眼来时走过的长廊，还有老人。老人没看他，但嘴唇在微微颤动。

墙壁上一缕橙色的影子，最后再回头看一眼，便永无相见之日。太阳欲坠未落，不可逆的抛物线，黑夜前的黎明。秋日最动人的光，不需要云与叶的矫饰。所幸，赶上了。

他跟在少女身后，迈进暗门。

身后传来老人的声音。

"哼，霍辙，这名字有意思。"

人走后，巷子重归安静，此处本该沉默，尤其不允言谈。

第四章

　　门后又是一段昏暗的长廊，与今天穿行过的无数条小路一样昏暗。在边缘的缝隙间，透出微弱的光亮，忽明忽暗。霍辙麻木地在阴影间行走。尽管对眼前的少女一无所知，但是有种强烈的直觉迫使自己机械地摆动四肢。他渐渐丧失对身体的控制权，不合时宜的焦虑，思想停滞，如同一个即将被审判的罪犯，跟着狱卒离开牢房。因为身上未戴枷锁，所以他也没有任何办法去挣扎。只能接受，走向属于自己的归宿，无论将被剖开肉体挖取心脏，还是献祭自己的灵魂，他都会不假思索地走上那座行刑台。为什么会这么悲观？一无所有如何畏惧被剥夺？过道不长，没空磨蹭，很快便抵达尽头。前方是一道螺旋向下的铁质楼梯。

　　他站在楼梯的最上层向下张望，根本看不清下方有多深，底部的光线更是晦暗不清。这是无止境的黑洞，将一切吞没，连光都逃脱不了。少女很自然地向楼梯走去，他也跟着下去。

没什么好考虑的。狭长的空间中回荡着鞋子与楼梯的碰撞声，清脆且空洞，他忽然意识到这段楼梯比他预想中的要陡得多。

还未走几层楼梯，前面的少女转过身来，笑着对身后的人说："嗨，霍辙，刚才还没来得及自我介绍，你可以叫我达达。"

少女一反先前的冰冷，语气变得很活泼。

"啊，你好，达达。"

他吓了一跳，有些措手不及，便下意识地往后一退，还好及时抓住楼梯上的扶手。他不知道为什么眼前的少女身上的气质突然间像变了个人，这是寻常生活中很少接触过的热烈。他很意外，接着又顺着她的名字，想起一件从前在上班路上的琐事。那段时间他会在路边遇见一条诡谲的小狗。那是一条流浪狗，被人遗弃的可怜畜生，狗窝是个没有水的喷泉池，积压着枯枝与厚厚的灰尘。这条来路不明的小狗从来不叫唤，只是脖子上挂着块车轮状的牌子，跑起来会发出"dadada"的响声。后来也许是有人觉得这狗还是太吵了，总之那座喷泉池就被砸翻了，彻底变成一堆废墟，从此以后街道上再也没有谁听见过"dadada"的声音。

他停止胡思乱想，注意力逐渐转向对话。说什么，他该说什么？

"刚才真不好意思，今天在那里看班的竟然会是楼伯。要是我刚才不装得严肃点，他估计又要去告我的状了。"名为达达的少女噘着嘴，"早知道今天会遇见他我就不穿牛仔裤了，哎。"

"楼伯，哦就是躺外面椅子上的老人吧？"他大概猜出少女说的就是刚才在门外的老人。外星人。

"对啊，就是他。话说刚才你在外面都干什么了，楼伯好像被你惹得不高兴了。"

达达一边沿着楼梯往下走，一边歪着头回望霍辙。她的步伐很随意，显然对这段楼梯早已轻车熟路。

"可能是我说错话了吧。"

霍辙也很无奈，他刚才明明什么都没干，反而是那位楼伯的语气一直很冲。神经质，为什么会忽然想起这个词。收音机的声音。其实只是有特殊爱好的普通人吧，没什么不同。除了长得实在像外星人。他觉得自己还是太刻薄了，以貌取人实在不可取。善良一些。但立马又释然，他不想继续责怪自己的意识，没意思的。说到底外星人和他们又有什么关系呢？只是看门人罢了。守在门口。

"楼伯他就是这种怪脾气的人，死犟的脾气，有时候我也搞不懂他，"达达说，"不过对了，你来这里是干吗的？"

"不是你们指引我来的吗？还有你们怎么会知道我的名字？"

他连续发问。都开始说话了，有疑问就必须解决。这是交流的义务。

"你是说那些记号吗？我懂了，那应该是其他同伴设置的。不过，你好特别，组织怎么会找上你？"

达达转过头来上下打量着霍辙。她的表情严肃且古怪。

"等等，什么组织，你说的是什么？"

他很迷惑。虽然在过去一天中他遭遇了够多的以前从来不敢想的事。但是他并没有习惯高强度地接受新知识。

"你真的什么都不知道吗？"

少女的声音故作惊悚，尤其在黑暗的楼梯中，气氛尤为诡异。

"你到底指的是什么？"

他停下脚步，不再继续向前。伴随着脚步停下的还有他的热情。黑暗与阴冷从来是并行的。现在外面还是白天吗？几点了？根本从始至终就没注意过时间好吧。地球的晨昏线，本初子午线，不同角度观察黄道，一根锁死的弦。气温成倍下降，飞虫停下捕食。他感到头晕目眩，遐想都是自己估计的。

达达回过身嫣然一笑："好啦好啦，不逗你了，听说你今天刚从那里出来？"

他没有回答，他想起保密协议的事情，他不知道自己该怎么回答。保密，这是承诺。尤其对不明目的的人。古神，倒数，煎熬，何惧。

"你不用紧张，别担心会违反什么乱七八糟的规定，他们的那些事情我们组织基本也是了解的。"达达安慰道。

霍辙模模糊糊地发出声音算是回应，心里却想着达达的语气怎么会如此轻松？她怎么猜到会有规定在让自己保持沉默？对了，那份保密协议上说，有没有对保密协议本身要保密？口头上答应过了吧，那也算有约束力。

他不自觉地抬头看着半空中，眼前是刚刚走过的路。铁制楼梯。玻璃中楼梯。锥形的连接。一台机器的系统。他问道："包括那上面的事吗？"

"嗯，上面？你是说外星人吗？我们自然是知道它们来了。"

达达很随意地说出了外星人三个字，就像在说一件再寻常不过的东西。

她应该知道什么，知道很多。楼梯黑暗，前路破碎绵延，那女子在下楼。一步又一步。轻盈的机器啊。原来她也知道，到底有多少人知道，原来人人都一样。她猜出了，契约被打破了。霍辙的思绪愈发混乱，有些许喜悦，终于找到一个可以平静地谈论外星人的人。他想要说话，这个秘密已被埋藏了太久，几个小时。现在终于不是秘密，他知道自己是可以说话的。一台机器传递能源，以供支持运行，行走般的动作。果然自己还是没忍住。

"其实到现在我也根本不知道他们为什么要找我，他们说要找我帮忙，关于外星人的事。但是后来可能他们也知道我根本派不上什么用途，我就一普通人。"

霍辙继续跟上前去，他开始适应与达达的对话方式。对方永远是欢快的高声部，他的声音是低沉的，只是在把彼此的音调拉下来。这种对唱般的交谈方式，学会了。

"我看过你的个人档案，确实称得上'平凡'二字，这不是在贬低你，在这座城市里生活，有时候平凡也是种特权。"

达达又问道，"那你和外星人又有什么关系呢？"

"他们说我在上厕所时和外星人发生接触了，然后等我出来就直接把我抓走了，"霍辙顿了顿继续说，"可我什么都不知道，真的。"

"那伙人有对你做什么吗？"

她的语气像是在聊天。

"他们要我回忆在那间移动厕所时我都经历了什么，还给我用一种名为D198的药剂，帮助我回想起记忆。他们告诉我这段记忆会改变人类的命运，非常重要。"

他说完才感到犹豫，是不是说太多了，反正已经打破协议了。他连对方是谁都不知道就全说了。欲望在宣泄后总是伴随着强烈的悔意，有时会为冲动感到光荣，但也很可笑。

"那你有和他们说什么了吗？"

她的表现愈发好奇，像是求知者。为什么她不能是拷问者？

"我认真地回想了很久，然后告诉他们说听见了一串有规律的音律。"霍辙面露难色，但还是继续说，"直到我走后，才想起我和他们说的事和外星人根本没有任何关系，只是厕所水管因为漏水发出的声音。"

"哈哈哈哈，霍辙你真是太有才了，哈哈哈哈哈，对付那伙人就要这么耍他们。"

沉寂的空间中猛地爆发出少女爽朗的笑声，但没有传来回声。这是什么材质的建筑，还是只因为深？笑声就像是冬夜阴冷房间内被熄灭的炭火，黯淡后又跳出火星，不带着温度地亮。

霍辙默默无语，她在笑谁，自己还是他们？谁才是那个被羞辱的可悲对象。假的，都只是对真实的幻象罢了。唯独笑声在黑暗中格外响亮，伴随着喘息声一次次荡漾在所有方向。他看不清笑脸，会是什么样的表情，咽喉抽动的韵律，欢愉之后的放荡，笑起来胡子都要往天上翘，高兴到皮开肉绽，脚下的楼梯愈发摇摇晃晃，分叉成高低不平的左右两道。一直到全身都遍体鳞伤，还在笑，她还要笑，空气也被这股笑声卷进来一起笑，好一个欢快的旋涡。

少女停住笑声后楼道又回归沉寂。

继续下楼。机械式的运动。

霍辙问："你们很了解他们吗？"

"那是世界上行动级别最高的机构，虽然才成立十年，但他们的所有成员都是各国军事精英。他们执行任务时甚至有权要求政府优先配合工作。我不知道你对他们有多了解，总之他们的能量远比你想象中的大得多。"她回答，语气却满不在乎。

"所以他们把我带走的行为也得到政府默许？"

其实霍辙并没有对自己被"绑架"的这件事有多生气，尤其是知道对方是为了人类的未来，没错，自己也自愿成为英雄，都是对的。他又觉得达达的语气很怪，话中有话，这不是她想要的答案?

"不,其实他们一般情况下极少直接参与具体行动,他们只是在统筹规划整个地区安全的大方向。当然像你这种直接关乎人类命运的'大事情'他们就必须亲自下场了。"

"他们是要保护地球与人类的安全,嗯……是这样的吗?"

霍辙追问道。他对自己该问些什么也不确定,不过倒是挺想知道他们最后决定对外星人用哪一种方式,上面最终是否还是发起了进攻?自己这段虚假的信息有没有提供任何一点帮助。他们该不会信以为真了吧?显然眼前的少女可能对他们了解得更多。

"按理说他们就是这样的,自他们这个机构成立以来发射了很多卫星、火箭,据说在检测宇宙活动。好像前段时间他们还弄了一个什么星舰,你有听说过吗?"

"嗯,他们提到过,'矢量号'。"

"所以啊这次外星人来后他们在世界政府中的影响力更大了,毕竟地球上只有他们真的对这类事情做了紧急预案,政府也只能依赖他们了。"

"你们以前有和他们直接接触过吗?"

"很少,确切地讲几乎没有。我们并不存在与这个组织发生任何冲突的理由。实际上我们手上关于他们的资料真的很少,只知道是他们牢牢地控制城市的表面。"

"那你相信他们能抵挡住外星人的进攻吗?"

霍辙继续发问。他认为自己重新夺回了对话的主动权。将星舰作为交谈时的筹码，就像楼下的大婶用别人家的八卦套取邻居家的葱姜一样稀松平常。

"为什么你总想得和那些科幻电影里演得一样，你真的认为好端端一个外星文明会忽然进攻地球吗？如果他们真的要进行侵略活动，早在两个星期前，它们来地球的第一天就该行动了，哪会给我们任何准备的时间。显然外星人是想和我们和平接触的，我们组织现在的首要任务便是确保人类与外星人这次文明交流能在和平的前提下达成。"

达达的声音有些激动，她的脚步快了些，楼梯传来的脚步声就更是急促。

他有些庆幸。和平吗？原来大家其实都希望和平，这算是安慰吧。但很显然，对那个机构而言上面会怎么说才是最重要的吧。

"对了，你刚才说的，你们这又是什么部门？"

他总算找到机会抛出这个问题，又看了眼向下螺旋绵延的楼梯，怎么走也走不完。而自己，又始终缺少一种能指引向下、向更深处的东西。也只有在这悬空的境地中，会往下张望，他惊觉自己完全依附着工具的外力才未下落。

"你说错了，我们可不是什么部门，我们跟那群人可不一样。"达达骄傲地回答。

"等等，你刚才说的任务是……你们组织到底是干什么的？"霍辙问道。

"就是保护人类啊！我们会用自己的方法让这块地区重新归为自由与和平，大家称我们机构为E。"

达达回头用力挥舞一下拳头。

"所以你们并不归谁管理？"霍辙感到有些晕眩，又是一个完全陌生的概念，不是正式的机构，那么是从何而来？这座城市，或是说他所了解的世界的阴影面，在突然间被整个翻了过来。代号A的机构，达达刚说的什么机构，还有那些外星人，都不是他昨天之前能接触到的事物。他生活的城市到底还向他隐藏了多少秘密？

"是的，其实我们组织已经存续很久了，很早就有关于我们的历史记录。和某个才成立十年的部门完全不一样。我们总是在暗中守护人类全体追求的利益，组织的成员遍布世界的每个角落。"

霍辙几乎断定这个机构应该属于非法组织，但他也不想在对话中轻易暴露出自己的反感。他并不知道他们要对自己做什么，会和A组织一样讲道理吗？恐怕不会吧，或许我也是他们的阻力吧，霍辙这么想，但是他愈发觉得眼前的少女只是编了故事糊弄他，似乎等到某个时候，她的包袱全都抖完了，会忽然大笑一番然后解释这些事情都是假的，什么星舰啊、外星人都是一出整人的节目。是啊，那该多好。

"那我再告诉你一个秘密哦，我们组织所有成员都虔诚地相信'它'。愿'它'指引我们。"达达突然放慢脚步，原地立正，表情古怪地模仿某种仪式。

　　霍辙没有接话，他开始有些后悔自己鲁莽的决定。原来那些路牌上的符号就是通往基地的指示吗？这个机构到底是什么，究竟把自己引来是为了什么？等等，他们为什么能对外星人如此了解？他们说的"它"会不会和外星人有什么关联。他想到了门外那个老头，念念叨叨，他什么都不知道。他又开始想，万一他们逼迫自己加入怎么办？

　　"嘿，你别这么紧张嘛，没想到你还当真了。其实我们组织跟任何宗教都没有联系，甚至在历史上我们有很长一段时间都在反抗宗教。我们既不相信什么上帝，也从不强迫别人要和我们有同样的信仰。"达达注意到霍辙的动作变得极不自然，回过头来解释道。

　　"那你刚才说的'它'，指的是什么？"

　　他还是有些不理解，那会是什么？难道听错了，说的不是"它"而是另外别的词。

　　"怎么说呢？我们说的'它'并不是指什么宗教里面的神，你可以把它理解成一种信念，也可以把'它'看成是维系我们成员的唯一联系。对我们组织的成员而言，这个词可以是指引你个人变得更强大的力量源泉，也可以是让整个社会得到进步的动力，可以是一种科学技术手段，或是宗教的思想，你可以将这个'它'幻想为人的形象，也可以认为它是宇宙中最独特的一股能量，它可以是任何人根源的理性、追求的自我价值，也可以说'它'是我们正身处的时空，或理解成我们使用的语言。总而言之，'它'就是让我们得以存在的一切。"达达说了一大堆，就像在解释一个复杂的哲学概念。

霍辙好像理解，但他又感到更多的疑惑："可如果什么都能是你们说的'它'，那不就是说'它'在或不在根本没有任何区别。"

"嗯，你还挺聪明的嘛。虽然我们对'它'的本质一无所知，但我们得相信'它'是在的。'它'就像一个标尺，能帮助你更好地确定自己的位置。"达达的语气变得格外肯定，她补充道，"其实到底是什么东西我心底也无所谓啦，再说'它'又不会要求我做任何事情，只是一件工具，帮助你达成自己原本想要完成的目标。我们永远不会也不需要理解，只要相信'它'在就行了。"

不知走了多少圈，他终于看见底下传来亮光。真正的亮光，不是任何微弱的荧光。似乎是因为到头了，他开始觉得有些疲惫，原来在黑暗中是不会累的。但亮光又给他一些坚持的力量。他甚至觉得自己想冲下去。这个冲动和那个"它"有关系吗？随着视野变得逐渐开阔，下面展现出一片宽阔的平台。

"说起来其实有件事我没告诉你，"达达突然回头说，"我们本来不用走楼梯，基地有直达电梯。"

哦，原来自己又被要了吗？劳累倒也不觉得，习以为常了。霍辙说："哈，我本来还真的以为这是一个古埃及时期的建筑。"

他说了一句自以为幽默的话，果然一点都不好笑。这句话没有任何逻辑，没有思考，也没有回答的必要。如果这真是古埃及的建筑那就更不好笑了。怎么可能。胡夫金字塔。没去过。很高。据说是外星人造的。狩猎场而已。玛雅金字塔，海底金字塔，光之金字塔，欧帕兹。其实完全是反的吧。也不在意，楼梯很长，但走完了，又不是走到一半时说的。至少得到些消息，那算是扯平吗，没什么好抱怨的。时间都被浪费。

"只是组织里大家每天为了任务都很忙，每个人都那么严肃。相比起来和你聊天就有意思多了。"

少女脸上露出计谋得逞后得意的"阴险"笑脸。

经过无数圈楼梯的折磨，脚底传来盼望已久的劲道，终于着陆了，地面与楼梯的感受是完全不一样的。也许因为走到平地，就容易满足。踏实了。他知道现在身处地底很深的位置，多深取决于楼梯多高。走了多久了，他也没印象，记忆又断了，习惯了。只是条曲线，弯了又折。拉直，就没了。下方的平台果然不如刚才楼梯上那样晦暗，他已经适应地下昏暗的光线。下水道。老旧公寓。床头柜上还剩半瓶的维生素A。抬头仰望头顶这个巨大的地下建筑，在底部看的感受肯定不同。一个完整的半球。光滑的金属墙壁紧紧包裹球体，显得更为坚固。这铁皮在抵御什么？泥土吗？锈蚀，来自时间的。这是屏障，有形的城墙，围起来。主要为这个建筑物增添压抑的气息。直到走到下方平台的中央时，他看得更清楚了。刚才走过的并不是这方巨大空间中唯一的楼梯，大圆顶的四周共汇聚着八根一模一样的楼梯。也是曲线，远看的直线，黑色一根，近看即无。也可能会是别的颜色的，没有光才是黑色？楼梯岌岌可危地支撑着顶部，在半球的顶部有个凹槽，里面若隐若现地散发着并不明亮的光芒。

他又忍不住偷偷打量眼前这位女孩，在压抑的空间中似乎只有在她的身上时常有光斑闪耀，渺小的尘埃都围绕着她旋转。更像是股洋溢着热情的冲劲，还隐藏着一丝极度细微的骄傲，任何麻烦事在她眼里都会游刃有余。她明明将那个组织描述得近乎宗教，却没有表现出任何皈依后的狂热。他从未在其他任何人身上见过和达达相似的气质。也许现在该再多问一些她的事，关于她是如何来这里的，她以前的经历等等，她眼中的世界注定会比常人更精彩，这是种难以形容的诱惑。但他又犹豫着是否应该去揭开，一切关乎她过去的事的任何解释都是可有可无的，她绝不会是那种沉湎于过去的人。而自己，就时常陷于往事的泥泞中，大概是因为始终缺少一个可供持之以恒的信念，没有方向就意味着任何短暂冲动都将失去努力的动力。可他偏偏又属于那种盲目自信的匹夫，一面不屑于接受外界的约束，又认为自己内心强大到不需任何激励；明明没有能够一以贯之的目标，却仍将自己的行为标榜为洒脱。

"达达，他是？"路过一位青年问。他穿着一身整齐的作战服，裤腿上沾着些许尘土，似乎是刚从外面回来。城市的污渍和衣装很搭，浑浊的灰霾也是种保护色。

"哎，阿西你出任务回来啦，"达达说道，"霍辙这是阿西，是最好的行动搭档，阿西这是霍辙，他是今天新来我们的基地的，我现在要带他去找老尼。"

哦，来人了。

人来了，嗯。

阿西看了看霍辙，没有说话，没发生对视，互相交换了气息，又面向达达说："既然尼金要见他，那就赶快带他过去吧。我还有一份行动报告要整理，先过去了。"

话音刚落，阿西便匆匆从他们身边走过。

短暂的照面恰如狂风的暂歇，一阵霹雳后又如闪电般扬长而去。

达达转过身对霍辙解释："阿西虽然平时看起来冷冰冰的，但他是我见过对组织最忠诚的人。有时候我觉得他对组织就像信徒一样虔诚，却又不屑于任何形式的规则。对于自由，阿西始终有一种偏执的理解。"

阿西似乎听见了达达对他的评价，他放慢脚步刚要回头，但瞬间又把头转了回去，快速走进大厅一侧的房间。不见了。假动作。霍辙判断此人确实孤僻。可怎么还有种莫名的亲近感。他到底是个怎样的人，有趣的人，算不上。那人的言行真的很有特点。冷，不同于门口那个"外星人"，那是纯粹的不耐烦。嗯，信徒。又给人起外号了。特征明显，能被认出是好事。信徒又不是自己说的。是她说的。信什么不信什么？打破什么规则，人类社会的规则？都市森林法则。愚蠢又聪明的，只是偶尔也会僭越吧。真有这么强也不会在地底了吧。

他问道："达达，你刚才说的老尼是谁？"

"他是我们这个分基地的头头儿，他负责和其他基地联络，我们一般都听从他的安排进行任务。不过你等会见了他还是得叫他尼金，嘿嘿。"达达说。

平台上，霍辙一边走一边环视。偶尔还能见到其他成员从他们身边经过，大部分和阿西一样身穿成套的作战服。他看到了枪。这是他第一次见到枪。真实的，零距离的，随时会夺取性命的。

"就是尼金他想让我来的吗？"霍辙问道。

"这我就不知道了，进去后你直接问他吧。等会见到他了你不要害怕，他以前在战斗中受伤了，所以左眼上面有一道疤。"

"嗯，我知道了。"霍辙回答。

"虽然他很容易激动，但他真的是个很正直的人。为了我们的组织，还有这座城市，他默默付出了很多。"

达达语气中流露出尊敬，眼神无比真诚。

他还是有很多疑问。其中有一些已经解开了，即使不赞同也得接受。只是一个短暂的信号，从脑中穿过，片刻停留。

拐弯，直行。他们停在一间房间前。迷宫的终点，也像是穿顶的中间。

达达说："就是这里了，你自己进去找他吧，我还有些事情要去处理，先走了。"

"行，你先去忙吧。"

"嘻嘻，希望今天楼伯不要找我的麻烦。"

霍辙看着达达跑开。

哒哒哒哒哒。

声音消失在空间中。

像是光滑的木棍凭空挥舞，没有痕迹，不见踪迹。

他打量房间的门，黑色的双扇木门，铜制把手。把手是冰的，金属很光滑。门一下就推开，难道还期待房间会有什么不同吗？直接走进去就好了。

有气味，来自四面八方，一团一团聚过来。有重量，带着体积和质量的味道。

房间内没有地毯，正对着门的是一张宽大的写字桌。怎么看出的？桌子上几乎被一大堆杂物完全覆盖，文件，电子屏，笔筒，数据线，纸巾，用过的纸巾，带拉链的包，有按钮的遥控器，没带笔帽的水笔。还有杯子，好几个。中间挤出一小块地方，用来放人的。怎么做到这么乱。在中间围成的空位能拿到四周一圈的所有东西。桌前是一套陈旧的皮革沙发，有些磨损，也油光发亮。靠墙的两侧都是书架，上面堆满了各种年代久远的大小书籍。纸质的。发黄的。还有两三百本被摞在地上。旁边有个大纸箱，空的。最后是那块黑色窗帘。在地下也需要窗户吗？

整间屋子就是陈旧的，除去那些先进的电子仪器，所有东西就像是从一百年前穿越来的。两百年前也造得出。老东西，怎么会有人喜欢老东西呢？

他想起曾经在某条街道上遇见的书店，古董书店，旧书店。那座书店连同周围其他几家店铺半截陷入地下，所以每次道路上有车经过，门面上就会新附上一层灰。书店进门前的阶梯也是下行的。他不知道自己那天为什么会有兴趣进那种地方，只是记忆犹新。书店不大，但布置得很规范，书柜上标有不同的分类，文学、哲学、艺术……还有一堆发黄的理论书籍。这些书都是论斤卖的。当光线从街边那半扇窗户斜射进来时总让人感到浑身发凉，以至于这家书店的装修也会让人感到嫌恶，都太过于阴沉了。为什么老板会选在这开店呢？半层店面都被掩埋在路的下面，每次街上有车驶过，招牌上还会聚集厚厚一层土灰，就像是关于一家书店的葬礼。他一本书也没买就从那个地方离开。在踏上门口的台阶时，他又下意识地摸了摸兜里的手机。

是时间的气味。

原来房间中还有人，那男子就是尼金吧。

"来，坐。"男人示意了边上的沙发。

他坐下。

霍辙看着那个人，一位中年人，黑灰色的齐肩长发梳在一起，似曾相识，却又不知自己记起的是哪些与常人相区分的特征。那人并不显老，眉宇间却莫名透着沧桑。所以还是感觉老，都是相对的。如达达所言，他的左眼上有道醒目的暗色伤痕。是他，尼金。

"你们，嗯，为什么要把我引到这里来？"

"达达有和你介绍过我们吗？"尼金并没有回答霍辙的提问。眼睛里流着浑浊的光。

　　"大概有个模糊印象，但我对你们的目的并不了解，保护'它'之类的。"他只是如实回答。那些是什么他说不清，只有印象，反应力从来慢人一拍。

　　"你错了，从来不是我们在保护自由。我们追求的自由，是一种面向每个人的自由，必须对所有人，至少大部分人都适用。"尼金说。他停下。明显没讲完。

　　霍辙认真地听，他没有说话。愿闻其详。字字珠玑，或文字游戏。

　　每个人对自由的定义不一样，自由同样也将包容对解释'自由'的自由。无论你如何理解这个词，总有一天你会得到自己的答案，霍辙。"

　　"嗯，我想我了解了。"霍辙回答。

　　"听说你刚从那里出来？"尼金问。他在笑。

　　"是的，他们找我问些外星人的事情，但其实他们找错人了。"

　　保密协议，什么协议。反正不说他们也知道。地下是安全的。

　　尼金眯着眼睛盯着霍辙："我们先不聊外星人，我想了解，你个人是怎么看待那里的？"

　　"其实我并不熟悉他们，他们说自己是保卫地球安全的一个部门，但更具体的，我也不清楚。其实我没在里面待多久就出来了。"霍辙解释。

　　说的都是实话。

"哦？你也是这么认为的吗？突然出现一个部门，在外星人来后就跳出来胁迫你，声称要保护地球？"尼金将两只手交叉在一起，玩味地笑了笑。

"难道外星人是假的？"

"外星人是真的。"

"我不明白。"

"为了抵御来自宇宙空间假想的威胁，他们研发修建一大堆武器装置。"

"我，我不知道。"霍辙感到自己曾与一个巨大的阴谋擦身而过，但眼前的人又是怎么知道消息的？说这些干什么？

"你听他们说过上级的事吗？"

"他们有提到过，上级将最终决定他们的计划。"

"你知道我们与他们最大的区别在哪里吗？"尼金突然问道。

"目标不同吗？"

"我们的目标是不同，这是其中的一个方面。他们所有人都是从个人或集团的角度出发，缺少唯一的信念，所以他们内部也绝不会产生真正的共同目标，即使是保卫地球这种事情他们也会因为利益问题产生巨大分歧。但我们完全不同，我们长久以来就是为了保证所有人拥有绝对的自由，在内部绝不会出现任何等级上的划分，甚至我们为这个共同的理想可以牺牲一切物质上的追求，这是他们任何人都无法想象的。"尼金的语气又变得平和。他在讲道理。

霍辙没有回答，他知道自己认同尼金说的话。但是他为什么要告诉自己这些事情呢？

"现在请告诉我，在那里，他们都让你干了什么？"尼金盯着霍辙。他的眼神急切，悲戚。

"他们说我与外星人发生过接触，知道外星人发给地球的重要信息。我努力回忆但没有任何印象。然后他们给我注射了什么记忆药剂，说能帮助我回忆起在厕所里发生的一切事情，然后我就把自己记得的所有事情告诉他们了。"霍辙本能地回答，也没有什么不对，无论回答的行为还是内容。

"你和他们都说了什么？"尼金继续追问。

"其实我就说了一堆根本无关紧要的东西，什么厕所水管漏水的声音，因为我知道自己根本没有遇见过外星人。最后我真的回想不起任何东西，他们就把我放出来了。"霍辙回答，"主要他们一直和我说这段信息中有达成和平的关键。"

"呵呵，和平，你真的认为他们会用和平的方式解决问题吗？尽管我知道你说的消息没有任何作用，我也相信你从未见过外星人。不然他们绝不可能把你放出来。但是你以为什么都不知道就能与他们脱离干系吗？"尼金说。

霍辙忧心忡忡地解释："我没帮他们做过任何事。"

尼金轻蔑地笑着，"给你灌输一套又一套的虚假，让你以为是真实的意识。"

霍辙感到惊愕，他说不出话。

"他们永远不会告诉你真相，谎言是他们惯用的伎俩，以后他们还要用谎言去蒙骗更多人。他们用两种完全不同的思想，扭曲你对词语的认识，直到最后，安全就是他们的暴力的修饰词。"尼金继续说着，他的语气好像有些灰心。

"我想我明白了，他们确实给不了和平。"霍辙回答。他很平静。震惊。意料之中的，还是习惯了。面对激情的演说只要默默聆听。

"他们与我们从本质上就完全对立，他们源于那些资本家与集权者对权力变态的控制，这种成立本身就是种过错。他们会为了自己的利益屏蔽信息。如果你不是恰好遭遇所谓的外星人讯息，现在是不是还活在巨大的谎言中？"尼金说道。

那个人，好像在跳舞啊。

"所以，我们根本不会以和平的方式与外星人接触是吗？"霍辙问。这个问题很幼稚，但一点都不好笑。

霍辙感觉心中传来一阵绞痛，如果他们最终成功发动了战争，无数人因此丧命，那么自己是不是也是这场战争的共犯。马罗不是许诺他们会通过和平的方式解决问题吗？难道是欺骗利用我吗？

"不，我们需要和平，我们绝不能指望他们。他们只会为利益而行动。无论如何我们都要尝试与外星人对话，赶在他们之前。"尼金回答。他捏了捏鼻梁，这个动作让他在无形中显得很疲惫。

"还有一件事我想不明白，如果我只是被他们利用，他们为什么还要放我出来，难道不是把我关在他们的基地中更好吗？"霍辙问道。

他不知道自己算不算在给他们辩解。但是自己可能真的被利用了。相信，意味要承担相信的后果。

"你想得太天真了孩子。他们愿意把你放出来就意味着你对他们失去了价值。"尼金侧着脑袋盯着霍辙，继续说，"你以为他们没在跟踪你吗？在来的路上我们帮你把他们所有的盯梢都转移了。如果不是我们在暗中引导你，可能现在你已经死了，死在某个他们给你安排的位置，第二天你会出名。你猜新闻报道会怎么说？然后他们又会干什么？你有没有想过，你能出来也是他们的计划之一。"

房间里像是传来了一声轻轻的讥笑，果然自己什么都不懂吗？

霍辙想到了那个移动厕所，那个路口。如果在来的路上自己又回那里看一眼，是不是就会被他们的人杀死在里面，第二天新闻的头条就是自己被外星人击杀，他们便可以借助着民意发起进攻。然后，然后都与自己无关了。还有那个叫马罗的人最后的表情，手段。环视四周，他觉得那些墙壁正变得透明，向外窥视，一些陌生人的动作与姿态，呈现在没有实体的荧幕上。他只感到恐惧。

"很感谢你们的帮助，没有你们伸出援手，我不仅会丧命，还可能就完全沦为了战争的工具。原来他们从来没有想着和平。"他垂下头，喃喃自语。

"事实就是如此。"尼金站起身走到办公桌边，"在危机解决之前恐怕要委屈您住在我们基地了。恐怕您也不想每天生活在他们的监控下成为他们权力游戏的砝码吧？"

这场危机真的能解决吗？如果与外星人交流得并不顺利，那自己会不会以后都将生活在这里，他很悲观，但他还是对尼金点了点头，他只能寄托希望于眼前这个组织，希望他们能挫败那个机构的阴谋。

尼金又转过身来看着霍辙，说："现在最重要的事情是我们必须立即掌握他们的资料。但是他们的行事极为低调，在外星人的事情出来前他们几乎不直接插手任何日常事务，我们在全球所有城市的组织都没有找到他们任何详细的信息，他们一直都很低调。我们根本没有任何突破口。而你，是唯一从那里出来的，所以你还记不记得你去的那个地方在哪里，这对我们挫败他们的阴谋将有重要作用。"

他摇了摇头："这件事情恐怕我无法提供帮助。无论在抓我走还是后来又把我送回来的路上，我都是完全昏迷的。我除了知道他们的基地有条极长的过道，其他什么都记不得。"

昏迷怎么可能会有记忆，从那条街开始，到那间房结束，一切过程，都是睡意昏沉。听不到自己的喘气声，呼唤最幽邃的雷声。什么都是黑的，没有光，空的。该如何唤醒一段错过的记忆。

"什么都不记得了？"

"毫无印象。"

"嗯？没事，我了解你的情况。"尼金说，"我们会另想办法的，你先回去休息吧。"

霍辙往门口走去，回忆着刚才的对话。记忆是清晰的。进入那里后的所有事情。是的。唯独两次昏迷。还有最开始的一次。一定是记忆药剂的作用。

回去。

他突然停在原地，转过头对尼金说："我想起来其实还有一种办法，他们给我服用的记忆药剂现在还有作用，我好像记得在我被带走的地方有段重要信息。"

尼金的表情有些惊诧，但又像是刻意装出的，像他这样的领袖是不会容许有意料之外的事故发生，他问道："说说看，是什么信息，你怎么想起了？"

霍辙有些犹豫："我真的希望能弥补一点由我造成的过错。"

"犯不着这样说，这件事情根本就不是你的错，你也是受害者。但你刚才说什么，你还记得他们的什么信息吗？"尼金说。从语气中看像是在安慰。

"我隐约有些印象，可能就是因为那个记忆药剂。有个想法，一直在强烈地提醒我，在那里我会得到一段重要的信息。"霍辙说话吞吞吐吐。

记忆又断了，只是中间还有细微的丝线连贯着。拉起来，编织。只要一个契机就能触发。

"我知道你的好意，如果记起什么就直接和我说。"

"不，我在想如果我去现场说不定能记起些什么信息。"

　　"去现场，你要重新回厕所那里去吗？"尼金疑惑地问他。

　　"是的，我想回去一趟。"

　　尼金没出声，低头思考。霍辙等待，他不敢走。

　　半晌，尼金抬起头，他看着霍辙的眼睛说："明白了，我相信你的直觉。不过现在去肯定不行，还是太危险了。我们的行动绝不能被发现，必须等到半夜。今天晚上会有一支行动小队和你一起再回那个地方。"

　　"谢谢你们的信任，我一定会尽力回想起任何有关他们的信息。"

　　他不知道为什么自己要给出这个承诺。

　　"为了自由，我们将不惜一切代价。"尼金的眼中燃烧着必胜的火光。

　　原来伤疤是被火烧出来的。

第五章

半夜，霍辙从房间中醒来。有人叫他还是自己醒来的，无关紧要。房间很暗，没有开灯。从尼金的办公室回来后他就一直待在这间临时的房间中。他原本在努力地思考，但很快就累了，累了就睡了，晚上的任务才是大事。为曾经拯救世界做过的行为，再一次拯救世界。

他一走出门便遇见今晚的行动小组，队伍里的其他成员恰巧他全部认识，达达和阿西，是不是尼金的有意安排。免去尴尬。

现在的行动基地离那间移动厕所并不远，所以三人决定步行前往。其实他根本不知道这基地到底在哪里，只要跟着他们说的照做就行了。这次没有走楼梯，电梯很快，出来之后又绕了很多黑暗的小路，这次走的是另一道暗门，门口没有人。一路上三人几乎没进行任何交流。达达和阿西的走路速度很快，他必须特意加快步伐才能勉强跟上。呼吸开始变喘，高强度的运动竟让他感到一丝兴奋。

　　现在几点了？他出来时没看时间。已经很久没看时间了。他也没有在那个地下堡垒里找到手机充电器。那里每个人都有任务，他不想去打扰他们。不愿开口就算了，手机会牺牲自由的。总之是很晚了，再过几个小时就要去上班了吧，是星期几呢，一个星期前的他应该睡了。他看不清眼前的路，这条小道上路灯极少，脚下从水泥地变成了沙石，又变成松软的泥土。还好这个季节没有雨水。不然就是一摊烂泥，和白鞋子很搭。

　　"你们认识路吗？确定是这么走？"霍辙有些不放心地问。但他很快就后悔了，难道自己会比他们更懂怎么走？

　　"这里是六七公园，我们走另外一条捷径。"达达小声地回答道。

　　脚步声喊喊嚓嚓叽叽喳喳噼噼啪啪吵吵。

　　六七公园，位于第六大道第七个街区，所以叫六七公园。名字是后来改的。

　　虽然看不清前进方向，但他还是发觉自己走到了一段下坡路。脚下踩着的是枯萎的枝丫与树叶。公园从建起就快百年了，却没有关于它的历史，来的人也一直很少，这里的访客是特殊的。可以预料的，因为缺少维护已经彻底荒废下来，主干道上一定会盖着厚厚一层枝叶。是的，老城区的建筑都是毫无生机可言的，在这个季节却难以腐烂。他穿过树林的空隙隐约窥见点点灯火，橘黄色和白色的都有。裤腿擦到低矮的灌木丛，远处的灯光熄灭了。这是在往里还是往外走？现在是太晚还是很早？什么时候能见到雾霭，乳白色那种的？隐隐约约传来路上磁电车的声音，疾驰着掠过；人们通勤的声音是整齐的，哒哒哒，城市的脉搏。这些都是白天的声音。其实很安静，脚步声也没有。夜已深。脚边传来料峭的寒气。颤抖，整个人都精神了。

现在已经是深秋，万物凋零的时候。冬天更是焦躁。只有对春天才是渴求的，再过几个月才会轮到最好的季节。希望。生机。都是最美好的形容词。树木会自己萌芽，仅需一个夜晚生命又会从地底中钻出。好时节都是这样。奇迹总是要等待。想起那位童年的玩伴，也是在一个这样的公园。有人陪伴。那时的夏天是漫长的，根本没有尽头。这段记忆遥远且清楚，无数个下午在回忆中浓缩成十分钟，满满当当的十分钟。那个公园叫什么名字，那时还不是两个数字的组合，他不识字，所以忘了。公园不大，树不会很多，却记得里面有一片森林，繁茂地包围出他和他玩乐的天地。盘绕交错的枝叶遮蔽天空。公园有块空地，地面上露出树木的根和岩石，有几块石头上长着嫩绿色的苔藓。他既觉得恶心，又忍不住去触碰。去除表面的装饰总比直接搬走石头容易。后来他学会了爬树，他记得树脂的香味。呼吸来自童年的空气。他从树上跳了下去，头磕破了，染红了湿润的草地，红与绿。他不敢爬树，有整整一个星期。这是他对自己的记忆，但是那个玩伴叫什么，彻底忘了，好像那个人的名字的音节中有"Z"还是"X"。那个"Z"或"X"对他很好，除了怂恿他从树上跳下去那次。友情本来就应该仅限于玩耍，所以他们之间无比真诚。像是另一个自己。他们究竟在一起玩了几年，他记不得了，总之很长，后来玩伴离开了这座城市。童年结束，他也搬家了。他们失去关于彼此的所有联系。随着年纪渐长他愈发思念公园里的玩伴，那座公园后来也被铲平。再也回不去树上了。如果那位玩伴是去城市中心区的高楼里生活，恐怕就是见不到了。那里的楼太高，很难爬。他还活着吗？现在是什么样？彼此还认得出对方吗？他有个秘密，关于一道幻觉。在刚分别的时候，这位朋友会变成一个幽灵，环绕在他的周围。幽灵长得和自己很像。对着镜子会说什么呢？透过破碎的玻璃，到底还是个三维的影子。为什么要出现，他没想过，只是有必要。记忆日渐黯淡，年复一年，那个幽灵出现的次数越来越少了。上一次是多久前的事了？模模糊糊的树林与童年。脚下的路，草地般触感，他有些局促不安。荒芜的小路通向何处，连接着过去，树叶在回旋。幽灵重新显现。他和他像是站在海边的山崖上闲聊，追忆往事，脚下传来浪潮拍打礁石的声音，水花飞溅，余音传得很高。他们跳了下去，一如从树上跳下。他知道这是自己和幽灵最后一次相见，淹没了。他开始感到孤独，与从前相比自己是孤独的，但从此往后自己会更孤独。记忆对他而言始终只是残缺的碎片。起风了，又吹走一些彩色的纸片。

在从树林间钻出的时候，他停下了脚步，回头望着六七公园中茂密的树林，自己从这里穿过，没有打扰它的安静，一直很安静。他扭过头看到了公园广场的指示牌，想到那里也很安静，那是种沉睡中的安静。

不知不觉他踏上了一座桥，石桥，传统的桥，这种公园，以及附近几个街区中唯一的桥，如果不算那些天桥、立交桥、高架桥。这座桥是孤独的，它的河道里没有水，只有光秃秃的石头，甚至还长出几处灌木丛，河面上尽浮着灰尘。也好，算是构成纯粹的风景，多艺术啊，还有更多无意义的陈设。半个圆，一个拱，横卧两岸，送行三人。然而这样一座桥并不会比一段平路得到更多的感激，为了感受下坡时迎面而来的失控快感而莫名其妙地多走一段上坡？桥的护栏挡不住任何跌落下坠的冲动。

他追上了那两人，其实差得不远，他们也压根没有注意到霍辙刚才短暂的停留，追上反正又会落后，不存在的时间无限长。耳边传来磁电车与地面摩擦的声音，就一声，很快被稀释了，这次是真的，深夜的城市之声。意味着街道已经很近了。他看见了暖白色的路灯，那就是公园的出口。在经过大门时耳边又响起了一阵儿童欢笑打闹的声音，声音来自很远的地方，像是回声。他转头看，公园很黑，什么人都没有。幻听了。他走了几步，又回头看了一眼，黑暗中的公园还是很安静，无法再对其用更多的修饰。那是噪音。他已离开六七公园，不再想了。

过了这个路口，便是那间移动厕所。来来回回走了几遍。老地方。思路变得开阔起来，涌现出昨天与白天的记忆。那个位置有一种神奇的引力，在拉扯他，一直在，脐带般。现在变成了赤裸裸的诱惑。终于要面对了。如同飞跃悬崖一般，他不自觉地加快脚步。夜里没有车，他们从路中间穿了过去。红灯在半途变绿了。迈到行道上，还有二十步，一次呼吸走两步，两步能跨三块地砖。还差最后一个拐角，一二一，左右左，一切开始的地方。好了，要到了。

那间厕所不见了。

阿西蹲在地上，用手指轻轻摩擦着地面。他说："根据地砖上的痕迹，可以看出这块地方受磨损的程度与周围明显不同，还有这些地砖上有大面积被重物拖拽的痕迹。现在可以基本确认这间移动厕所应该在不久前刚被拉走。"

"他们把你送回来的时候，这间厕所还在这里吗？"达达问道。她拿着一台精致小巧的相机对地上的痕迹拍照记录。

"他们送我回来的地方是隔壁那条街道，我那个时候状态不是很好，根本就不想再回来看这间厕所，"霍辙苦笑了一下继续说，"我觉得这间厕所给我带来不好的经历，可能我以后都不想去上移动厕所了吧。"

"你有回想起什么信息吗？"达达继续问。

"我还要想想，我……早知道下午回来时先看一眼。"霍辙的语气很苦涩。但他知道，自己并非没试过。

其实他现在根本想不起任何东西，记忆像是随着厕所一起消失了。其实他本来对自己上车前后就没有印象，只是希望能借助记忆药水的威力出现什么奇迹。月光照在地砖上，纹路反照路灯的剪影。没有钥匙，他什么都做不到。

"好吧，我理解你。"达达说。

"这里已经没有有用的信息了，我们现在去你被他们带走的地方看看。"阿西收起了地上的工具。干脆利索，他的风格。

"嗯好，就在下一个路口边上。"霍辙指了指那个方向，带头走在前面。

即使是这座经济发展位居全国前列的城市，现在这个点路上也极少会遇到行人。街边楼房余留的灯火也是暗沉的，人们早就睡了。醒来后又是新的一天，所有人都会变得很忙。远处那条宽阔的城市主干道上偶尔能看见磁电车亮着大灯驶过，路的尽头是中心区。摩天大厦簇拥成金色巨塔，辉煌的建筑，动人的姿态。在那里是不会有夜晚的，灯很亮。这九条主干道是整座城市最活跃的血管，车朝中心区飞奔，也从中心区出来。热闹的夜晚，拥挤的街道，钢铁甲虫的迁移，波涛般地涌来涌去。明亮的车灯划破黑夜，就像从那些高楼上流淌下的金色长河。

他又不自觉地望着那些高楼。白天时这些灯塔可不会像现在这么晃眼。他看着那些高楼突然有些出神，问道："你们有去过中心区吗？"

"没，去那里做什么？"达达回答，"那里除了楼高一点还有什么不一样的。"

"我只是有些好奇，每晚看到这些高楼时总觉得很晃眼。"霍辙说得有些心不在焉。原来真有人不想去中心区吗？

　　"那些房子一看就很无聊哎，这么多人要挤在高楼里，还不能随便出来。"达达说，"对了，阿西你不是去里面执行过一次任务吗？要不你和我们说下里面是怎么样的。"

　　"没什么好说的。和你们想的一样，枯燥，无聊，除了楼高一点和城市外圈没任何区别。"阿西冷漠地回答，他并不想继续这个话题。

　　"我也不知道为什么人们拼了命都想挤进那些高楼，去那些地方还得证明自己的资产，有这钱生活在中心区外不也挺好的吗？"达达说。

　　如果说城市是张无法感知的蛛网，其扩张就是被无意识地编织，那谁是蜘蛛谁又是根丝线？

　　他们到了霍辙白天醒来的位置。

　　达达与阿西又立即拿出些不知名的仪器对着地面开始分析。霍辙在他过去的生活中从未接触过这些工具，这些不用来生产的工具，与他的工作无关，此刻，他看着器械发出蓝色的光感到无比新奇。情形完全不同了。他们的装备，静静地运作，数据的处理，信息被大脑所共享，所经手的，大概都很贵吧？

　　"霍辙，你记不记得他们带你来时开的是什么车？"阿西突然问道。第一次主动说话。

　　他摇了摇头，说道："不知道，我在上车前就被他们搞得完全昏迷，在路途中我真的没有丝毫感觉。"

　　"该死！果然是他们的风格，做事滴水不漏，把暴露的风险永远控制在最小。"阿西抱怨道，但随即换了台仪器继续测量。

"也不是没有办法，"达达走到路边蹲下，"我看看能不能找出他们那伙人交通工具的行驶轨迹。"

霍辙有些窘迫，这次行动本来最初是他的提议，结果现在自己非但没有回想起任何关键线索，还不能给他们帮上忙，只能一个人站在路边看他们行动。那还能怎么办呢？他愈发感到自卑。只能希望他们能找出些有用的信息，不要让今天晚上一无所获。恍惚间眼前跑过一个人，一个衣衫褴褛的人高举着双手，嘴里好像还神神道道地念着什么。那人朝向着满月，柔和的月光照在路尽头的交线上，然后从线上又急匆匆地跑过一人，朝着不同的方向。霍辙眨巴下眼睛，那两个人都消失了，也许是跑远了。他又回头看了一眼达达与阿西，他们还在工作，他决定相信刚才是自己的幻觉。

"从射线测定的结果来看，这里曾有辆七座磁电客车短暂停留。"达达将手中的平板转过来对着霍辙与阿西展示，"你们看，这是我复原的行车轨迹，将它与空气中的热量扩散变化比对，有辆车每次都没有停留太长时间。而且注意看这两条轨迹，存在明显的时间先后。"

"可是光知道这点几乎没有任何作用，我们甚至不知道这辆车的型号，城市里有太多磁电客车了，想找到他们的那辆车无异于海底捞针。"阿西一边回答，一边继续拿着手中的检测仪沿着痕迹前后扫描。

"真的很抱歉，如果你们要他们基地的内部构造，我还有些记忆，但是把我送走的那辆车有什么特点，我真的没有一点印象，我甚至都不知道自己是怎么上下车的。"霍辙说着坐到了路边的椅子上。

"我尝试能不能还原出轮胎轨迹的型号，只不过时间有点久了，我无法保证测定的误差。"阿西对着达达说。

一阵风把沙粒吹进了霍辙的眼睛，他伸手揉了揉，脑子晕乎乎的。

恍惚间我发现眼前的世界完全消失，自己被浸泡在一团稠密的胶质中，刹那间潮水从四周涌起，搅碎了这团浑浊的胶质，也吞噬身体的每一个角落。身形被打散在混沌中，连同意识被分割成一粒粒小小的光片，在没有方位的空间中肆意晃动。我凝聚精神将自己重新揉在一起，却分不清到底哪些才属于自己。同时操控着无数碎片，汇聚又散落，埋没在因为凌乱而带来的安逸中。压力让我无法继续思考，下一回炸裂的就是意识。逐渐失控。无序的力量，陌生的感受，这是虚无的。渐渐散落，累就放弃。无感。这是我的身体，这是整个世界，我即是世界的界限。如此去发现，没有哪部分不会服从于我，唯有我的意志……

机械地重复，尝试让自己保持固定的运动，分散与聚拢。终于我感受到了来自一个方向的强大冲力，这股力量推动着我快速冲刺，瞬间掠过无数层屏障，四面八方包裹的压力也随之瓦解。明明没有形体可言但感觉仍然是具体的。终于我彻底离开那层液体，这是一种通透的感受。意识飞跃到另一种空间，看不到自己的形体，根本不需要任何形体，一种由内而外的轻松。我来到了空中。明亮的，空的。真正地从压力中解脱。一束光击中了我，刺穿了我，快要痛苦前就没有再多的感悟可言。充实后即注定坠落，飞翔的徒劳行为。翅膀早已是扭曲的，被打结了。这是在上升吗？快落地了吧。那就长出脚来吧。疯癫就会消散。

下方是一座泛着橘红色光泽的城市，城市如同璀璨的烟火悬浮在半空中。这是一座浮空之城，它很轻盈，也很美丽。白云从城市硕大的城门游过，被一股来自城内的风荡漾出一朵朵巨大的白色气浪，云雾向四周飞快地扩散，仿佛随时会把城市整个掀翻。随着云层散去，显露出阴森且狰狞的大地。城市的底部因为遮蔽去除而变得清晰。这座空中的城市并非完全浮空，它的底座上系着的无数根细长的绳索犬牙交错，绳子的另一头拴在地面众多高耸山峰的顶端。仔细聆听，天地间回响着一阵又一阵的颤抖。

一股冲天的气流迅速向我袭来，我无法做出任何反应，所有的意识被完全包裹，形体在气浪中重新凝聚，所有感受又变得真实。身体被重聚，血肉、皮囊与骨骼重新被装填，最后是那股气，从全身的穴位涌入，溢出。我在下坠，我看见了我的脸，一丝一丝地从眼眶向外剥离。

"皮革！是皮革！达达你快去查一下皮革！"霍辙猛地从长椅上跳起，冲着路边的两人大喊。

阿西听到声音后立马回头，说："什么皮革？霍辙你说清楚点！"

"没错，就是皮革，那辆客车里的内饰是由皮革做的。"他的声音是坚决的。内心坚决地对他的大脑说。大脑却说是我想出来的。

"用皮革做的内饰吗？可现在很少有车还在继续使用皮革做内饰，这太奇怪了。霍辙你是怎么想起来的？"达达从地上站起来，她拍了拍身上的灰尘。

"刚才我一直在努力尝试回想关于那辆车的记忆，忽然间，我的潜意识里就出现了这种陌生的味道，很强烈，我确信。"霍辙回答道，他的表情同样很困惑。

"查到了，目前市面上只有QM12这种型号的磁电客车提供皮制内饰。"阿西把查询到的客车样式展示在平板上。

"再查一下附近有哪些公司或机构最近购置了这种型号的客车。按照他们低调的行为方式，他们肯定会将自己的基地伪装成一个正常的公司，只要找到购车方的信息，我们可以逆推出他们的具体位置。"达达的语气有些兴奋，调查终于有进展了。

"找到了，有两家公司购置了皮质内饰的QM12，一家距这里8.7千米，另一家距这里9.2千米。"阿西又把平板递过来，上面的地图清楚地注释着两家公司的位置。这是两家规模较大的公司，分别位于城市的东南与西南角上。

霍辙看到地图上两家公司的位置时有些失望，他以为这样重要的行动机构一定会把基地设在整个城市的中央——中心区。但没想到这些公司竟然都在城市外围。原来自己还是没有去过中心区，还是得靠自己。也许找错了吧，他们怎么可能在那种地方。

"对了，他们肯定在地下，那里没有窗户，内部空间也特别大。"霍辙补充道，他想着能否推翻依靠灵感而推测出的假设。

那条又深又黑的走廊，那个沉闷的房间，轰鸣的压缩机，跳动的光点，长长的桌子。还有什么是有用的信息？他又有些释然，如果中心区只是像那个机构一样，大一点的桌子，宽敞些的房子，那自己又何必花一生的时间去追求呢？在城市外围也可以享受到。就算真的是这样，还是要去看一看。那些高楼就在那，为什么不去。

"很遗憾，根据地图显示，这两座公司的厂房都有足够深的地下空间。"阿西看了霍辙一眼，他合上了手里的平板。

"也就是说这两家公司都有可能是他们的行动基地，"达达的语气又变得冷静，她继续说，"阿西你攻破这两家公司的防火墙要多久？我们要知道他们的信息就必须进这些公司的内网。"

"恐怕不短。"阿西边回答达达，手上又开始操纵另一个更复杂的电子装置。是这台机械让他的手这么动。

　　"你先尝试远程植入一个破解包，用最原始的方法检查一遍有没有可以利用的漏洞。"达达说。

　　"好，你先把我们得到的消息传回基地。"阿西回答。

　　两人经过短暂交谈后靠着椅子开始各自的工作。霍辙感到有些无所适从，和他们相比自己毫无用途。他所能做的仅限于回忆，而且还是依靠记忆药剂的效果。那个药剂能持续多长时间呢？明天就没用了吧，那我就失去利用价值了吧？

　　"等一下，有人来了，我们必须走了。"阿西停下了手中的动作，并迅速地将椅子上的设备装入身后的背包中。

　　达达飞快地扫视了一下四周，沉声说道："五点钟方向，两个人，没有携带大型武器，应该是在执行巡逻任务。"

　　霍辙顺着达达说的方向小心地瞄了一眼，发现行道上确实有两个人前后行走，两人走得不快，就像日常散步，他看不出这两人与正常行人有什么不同，但现在这个点街上任何人都是可疑的。

　　等他回头时达达和阿西正好整理完所有摆开的设备，他们已经起身朝着刚才来时的路赶去。

　　"霍辙把帽子戴上，低头，注意隐蔽。"达达小声提醒道。

　　他没有多问，立即将衣服后连着的帽子戴上。这件衣服是达达给他的，纯黑，没有什么特别的地方，但穿着舒适，对衣服还能苛求什么，何况还是免费的。他不知道后面那两个男人是谁，他从达达的语气中察觉现在的情况非同寻常，他要做的就是老老实实跟着行动。

几乎就在他们起身的那一瞬间，路对岸的两人就注意到了这边的三个人，他们改变了原有的方向，跟着一起拐进了下一条街道。

"他们注意到我们了，得想办法摆脱。"阿西低下声说。

"后面这些是A的人？"霍辙忍不住问，他有预感就像尼金说的那样，他们要想办法把自己变成外星人攻击人类的证明。也有可能是其他组织，像达达他们说的，他们平时行动中一定会伤害很多既得利益者，既然帮助了一部分人，肯定会有一部分人憎恨他们。无论如何他们已经盯上我们了，不管到底是谁都不会是什么好消息。

"恐怕他们就是A的人，他们的行动很专业，很有可能是原本负责盯你的那批人，"达达提醒道，"他们应该是发现我们了，待会你跟着我们走，千万不要回头。"

"我们现在要怎么办，你们会把他们……'解决'了吗？"霍辙问。他不知道自己说的"解决"是不是他们理解的"解决"，而"解决"的是人还是这件事。

"不行。这里太危险了，我不知道这里还有多少他们的人。现在必须小心行动，争取找机会把他们摆脱。"阿西的声音变得更低沉。

"我们不能再回六七公园了，去那里的路太空阔，很容易被发现，一旦他们发动攻击我们也很难闪避，而且那里面树木太多，受到伏击也很难逃生。我们必须得从街对面的公寓区绕行。"达达补充道，这已经是她现在能想出的最好的方案。

无论往哪个方向，后面的追踪者总会敏锐地捕捉到，何种模样，他们在干什么，他们会张嘴吗？他们有睁眼吗？在追赶，或放弃。怪诞感。街角的监视器，记录着我们的胡作非为，他揣测着身后的追兵黑色斗篷之下空空荡荡，没有身体，只是漂浮的衣物。追逐着我们陷入空旷的边缘之境。擦肩而过后，虚假的冷漠，设法补偿。给个概念去想象。谁也不愿当猎物，尤其是在虚构的森林中。

是的，脑中的迭奏响起便不再停歇。

三人加快速度通过马路，路上没有一辆车，也没有人，穿行，像被背着渡河，他们刚到对岸，A的人也紧跟着出现在对街。在转弯时霍辙忍不住斜视了一下，正好与其中一位跟踪者对视，那个眼神有些眼熟，以前有见过吗？在基地还是其他什么地方，他来不及思考，只是继续低头行走。

二人在穿过马路后忽然加快步伐，他们几乎确定了霍辙的身份，直接朝着前面三人快速奔跑。像蜗牛的使命。他们目的再明显不过。

一排的老旧公寓楼，达达与阿西也不想再特意隐藏自己的行踪，也开始全速奔跑。很快三人钻进了最前方的公寓楼里，达达说："直接跑到楼顶，去天台。"

冲！

一楼的过道里堆满了纸箱和垃圾，阿西把这些杂物全部踢倒在楼道上。

二楼贴满了花花绿绿的小广告，追踪者已经到楼下了。

三楼除了灰尘什么都没有，飞掠而过，灰尘上盖下手印。

四楼隔着铁门拴着一条大狗，狗醒来叫了一声。

五楼放着很多花盆，透出一层朦胧的剪影。

六楼的灯是声控的，狗又号叫了一声。

七楼是天台，门没锁，撞开，月光。

霍辙一口气跑到顶楼，他感到呼吸变得急促，迎面吹来的夜风，冷啊，肚子下意识地抽搐，如果不是正在被追赶，那这个月夜一定是温柔的。天台好空，什么都没有，该往哪儿？那个方向，是我住的公寓楼。被一排老房子挡住的公寓楼。原来这么近，就差几条街。这里没来过，那里我熟悉！那股完全腐烂的酸朽味。老房子，灰沉沉，玻璃窗，亮光光。那反射的光线来自身后，只会是那个地方，高塔里。那里多好啊。无论多晚灯塔总会指引方向。哪儿都能望见，中心区的正中心，最高最尖的那座塔楼。城市的美好象征。

光剑直指夜空。惨白的月亮。外星人的飞碟。黑色的卫星。

忽闻雷彻。

身后楼道里的声音越来越近，他们开门了，他们也到天台了。

他们是来杀我的。

三人抵达天台的边缘。看到那两人的头了。前面没路。他们在掏东西。跳过去。那是武器，是枪！往对面的那栋楼顶跳。他们在瞄准。没时间了，跳！

那就跳吧，在这瞬间是凌空的，脚下是楼房间的空隙，随时都会下去，就差一点。呼，着陆了。

没那么远，对面这栋楼顶也一样是平地，没什么好奇怪的。地上全是陷阱。那两人没有继续瞄准，他们又追了上来。

转身继续跑，又到天台边缘，这次真没路了，没另一栋楼能跳了。

楼梯在那，回不去了，死路！绝境！那两人又在举枪瞄准了！

怎么办？继续跳。往哪？下！

翻过栏杆。抓紧边缘，下一层楼的阳台，对准，松手，跳，降落。怎么做到的。阳台上晾满衣服，好挤，老公寓都这样。

这是个死角，已经看不到他们了。别停下，继续啊。

是谁在对我说话？

去哪，往下跳。栏杆抓住，直接起跳，踩空了。

不对，根本没落脚点。

四楼，三楼，二楼停下了，冰冷的触觉，是层铁皮，凹凸不平的纹路，掉遮阳棚上了。接着滑，不要停。

跟上了吗？

通往哪里？再次凌空，接触，降落。

这次是软着陆。

屁股下是垃圾箱，霍辙起身后摸了摸身体，很幸运没有受伤，暂时的，只是膝盖有些麻，应该是第一次跳时没掌握好力度，在降落的时候小摔了一下。继续。在确定那两人还没有追上后，三人又飞快地从公寓楼下离开。前面有一个巷子，冲刺！

他们没能开枪。

霍辙跟着达达和阿西在漆黑且狭小的过道中飞快奔跑，他也记不清一连拐了几个弯，感觉那些老公寓楼已经很远了，有跑这么快吗？子弹有多快。他跑得越是快，身旁的街道便以同样的速度向后倾倒，他来不及回头，整个街道便被压缩成一片二维的纸面。每当跑入下一个拐角，他的大脑总会因为来不及跟上身体的反应而迟疑。他的步伐也渐渐变得犹豫不决，他想着黑暗过道里会突然窜出什么东西，那看不见的地方演奏的是什么声音，还有太阳过多久会升起，墙上的青苔的"之"形纹路如何形成，诸如此类对逃跑没有关系的问题，但大多数巷子里都如坟墓一般安静。终于他们停在一个无人的角落。四下很暗，那两人没追来。他跑得上气不接下气，很久没做过这种高强度的运动。扶着墙，停在原地，大口喘气，迫不及待地喘气。他第一次发觉这座城市中的小路如此错综复杂，像毛细血管，渗透在每个角落，四周的老旧矮楼是正在衰亡的结缔组织，那颗心脏总在不停地喷薄着源源不断的金色能量，维持整座城市的循环。

"你们在这等我，我去附近做下侦察。"达达看了眼霍辙，确定他没有在刚才的行进中受伤，便飞快地翻上了一堵矮墙，悄无声息地向刚才来时的方向逆行。

黑暗消失在她的身影中，弥散在缝隙的尽头。

霍辙想继续喘气，但他听见达达的话又不敢发出声音，怕A的人能听到声音。他坐在地上，嘴巴无声地用力开合。腿部传来一阵强烈的痛感，可能是从遮阳棚滑下来时受到了挫伤。之前痛感被完全压制了。现在这种痛楚应该是真的。阿西又重新拿出之前使用的设备，蹲在墙角继续完成工作。显示器上的是那家公司的内网吗，他要怎么操作？别去打搅他吧。休息会。他们的人应该放弃了。那些设备就好像他的幻肢。一种额外的器官。世界上真会有这东西吗？连接身体还是感官？他突然想起有件重要的事遗忘了——今晚没给手机充电。

阿西像是注意到霍辙的目光，突然抬起头看着他说："你应该知道，我从来没有相信过你。"

呼吸声模糊了阿西的声音，他并没有听清阿西说什么："啊，你说了什么？我刚才没有听清。"

阿西停下了手里的工作，正视他缓缓地说："我从一开始就怀疑你来我们这里的目的，我不相信你。"

"不是你们让我来的吗？我哪知道啊。其实现在连我自己都不相信过去几天经历的事，那些外星人，还有什么拯救地球，我都分不清自己的过去与现在，到底哪边才是真实的生活。"他苦笑一声，没料到冷漠的阿西会主动找他说话。

"你是他们的人吗？"

"怎么可能。"他有些惊愕，原来阿西说的是这个意思，他完全不知道自己会被这样误解，是什么事情暴露了吗，不，全是莫须有的事。

"你回答我，为什么刚才翻墙的动作会这么娴熟，没有任何迟疑。你在哪受的训练？"

"这，我也不知道，可能是求生的本能。"

不是你们一直在让我跳吗？行为的动机，动力都是……难道？

阿西盯着他看了一阵，声音低沉地说："我相信尼金的判断。但我不理解尼金为什么要让你进入我们基地，我从你的眼中看不见任何对自由的渴望。"

"也许以后我会理解自由。"他的呼吸慢慢平稳下来，他想起自己好像从没说过要加入他们。原来自己应该渴望吗，这就是他们需要的态度。

"我会一直盯着你，如果你胆敢损害我们机构，我会毫不犹豫地阻止你。"阿西的声音还是一如既往的冷淡。他又开始着手手中的工作。

霍辙感到一股莫名其妙的敌意，又像在接受劝诫，烙上一个钢印，他不知道怎么回答，含糊地回应："嗯，我知道。"

空气的流动突然变得有些急促，这个季节的晚上会刮风了，尤其是现在，一天中最黑也是最冷的时候。寒冷让视野中的图像变得诡异，成像的眼膜从中间向边缘凹陷，而听觉却反倒变得更灵敏，音波被层层抽离，化成一根根曲折的线段。

他突然记起一件事，转向阿西问道："对于你而言'它'

意味着什么？"

阿西的表情变得很僵硬，他机械地转过头，说："你是从哪里听到这个词的？达达那儿？"

"啊，是啊，她和我说过一些关于你们的事情。"他回答道，他想到还有门口的楼伯，但尼金，他们的头儿，好像从来没用过这个词。

"在没有真正加入我们前，你不许再使用这个词语。"阿西突然变得很激动，他从地上猛然起身，"这是我们最重要的信条，也是所有人类最后的希望。就算你听说过它，你也根本无法真正理解，你，只是在玷污它。"

阿西用词很重。

"抱歉，我只是问问。"他不知道阿西为何突然变得如此急躁。一个词而已。

"对于没有信仰的人而言什么都是不重要的，组织从来都不会强求你们去理解，如果你们真正明白，怎么还会……"阿西重新蹲在地上，"算了，你们怎么可能理解'它'对人类而言有多重要。"

他没有继续问，他知道对于阿西而言"它"绝非达达口中的一件工具那么简单。

头顶传来一阵轻微的响声，达达用钩爪从房顶轻快地荡下，说："他们的人不会往这边过来了，你们都没事吧？"

"我没事。"霍辙回答，尽管他还未从刚刚激烈的活动中调整过来。全身上下，每一处肌理的起伏。

"那走吧，现在回家。"遥远的路灯把她的影子拉得很长，光线的作用就是将人的目光从黑暗中引开，暂时的。

"霍辙快跟上啊，等会组织的人要担心了。"达达回头看向他，然后继续边跑边向前跳跃，轻盈得像小鹿，义无反顾地撞碎前方一面面明镜。

"啊，好的。"霍辙回应道，原来"家"是基地。

街道又是黑的，路灯的光影拖得很长。角落里刮起一阵冷风，却并不会让意识感到任何清醒。眼前的路变得模糊，目光在脚下与尽头来回聚焦，事物被放缩，扭曲得不成样子。但是这次没有，明明应该感觉安全。四周在一瞬间没有声息，彻底冷清后的街道。恐怖的景致，映射出心中的孤独。他永远不能理解自己，他需要被理解，弱者都渴望共情，而现在才追悔莫及。他开始怀疑，此番夜行究竟为何？找寻的是何物？

整个人也愈发迟钝，脚步趿拉着，胸口都发麻了。他看向那个背影，以为她还会继续说些什么，安慰或斥责。她的腰带上那件摇摆的东西，匕首。所以那些追踪者是死了吗？死在这把匕首下。

他想故意不去看她，就这么走。谁与谁有关，缠绕与解脱的界限何以区分，都不错，得到什么便意味着什么变得空旷。

夜晚是寒冷的，黑暗是浓稠的，树木，楼房，地，石，黏合在一起，连绵至远方，目力所不能及处，化成一种混沌的轮廓。双脚被束缚，无谓远近地踏步，抬起手臂无望地摸索，收拢到一声声叹气。

在浓雾的尽头，似乎有道浑浊的光，冰冷的火焰，灼烧了脸庞。

此夜，街道上，没有留下半分痕迹。

第六章

回到基地，霍辙累得像坨烂泥，身上的每个器官都在来回翻搅，尤其是心脏，一股胀裂般的痛感。痛是苦的，味觉之一，也是阻止自我了结的冲动。身体在某种程度上就像是块胶质物，全身的骨架仿佛随时会被抽离，他甚至怀疑下肢能否迈出下一步，还是以一种直立的方式蠕动。他不知道到底是干了什么才会感到如此累，是因为躲避追捕而造成体力透支，还是什么，来自思维的，混沌的，脖子上架着的这个说不清的玩意。思考也是要消耗脑力的，回忆都是。这几天经历了太多，不去想了。那气味啊。一定是这几天经历太多，这是正常现象。这就是正常吗？城市的阴暗面，夜晚被人拿着枪追杀。把人家阳台弄得一团糟，他们会报警吗？谁来善后？城市表面的平和的生活靠什么维系，有多少还不知道。痛与累是真的，这些事情也都是真的。平衡是脆弱的。

回过头来想想还是觉得很可笑，什么外星人来地球，这种只有小孩子才相信的蠢话竟然有一天成真。然后自己，一个平凡得不能再平凡的普通人，还在无意间被一群外星人选中。天数。于是有一群人从暗中突然跳出来，抓住我，要我保卫地球和平，然后又一群人告诉我说他们那些人在利用你，你是他们的工具。果然还是普通人，被互相利用。我的"伟大使命"已经结束。一切伟大故事都有一个平凡的开头。从厕所开始。扯。这一切的起源。剩下的就交给他们去吧。

终于，他回到房间，费劲拧开门把手，用尽全身最后的力气倒在床上。房间很暗，噪音来源于自己的动作。他可以大口喘气了，没有人会阻拦他。呼吸的自由。自由地呼吸。为什么房间会这么安静，他翻了个身，到床上后就不会累了。

还没有好好看过这间房，以后都要住这里了？他脱下黑色衣服，衣服很脏，上面沾着来自不同街道的尘土，也是不可抹去的印记。他一脚把衣服踹到地上。脚边是灯的开关，他又伸了伸腿把灯戳开。身体的逆向延展，将手与脚的功能互换。房间四面的墙壁是干净的，纯白色，墙角还有一套桌椅，白色的仿木材料。正对面是块电子屏幕，用何种信号？同样没有窗户。在地下窗户是多余的。灯就在头顶，光很柔和，但他觉得刺眼，于是把灯关了，这次用的是手。房间黑了，墙上屏幕在黑暗中发出微弱的蓝光。他在床上躺了一会，又换了一个姿势，接着起身找到遥控器。

屏幕亮了，出现一个人影，他拿手指指着自己，无趣的新闻主持人，看的是电视又不是你这个人。我是这台机器的观众，我尊重它向我传达的信息。网络，连接所有地方，无处不在那又如何？不要以为这台机器和我没有关系，当它接到空中的信号，并向我发出光亮时就是我身体的延伸，我的一部分，新的默契。将机器与生物混淆。我将和机器融为一体，我感知，我意识，我联结，我完整。

渐渐在网络上甚至出现一种阴谋论，有一群人把这场持续两个星期的外星人事件视为消费主义的陷阱。他们认为因为近几年经济发展滞缓，人们为了能攒钱去中心区生活纷纷减少不必要的消费，无利可图的资本家们急需一个新的社会热点来引爆大众的消费欲望。

他关掉电视屏幕，觉得新闻里的所有人都很可悲。假如自己带着关于外星人的真相，回到那栋老旧公寓楼后的生活又会怎样？如果A饶了他，也没有遇到E，重新回到最初的生活。大概除了得知真相也没有什么不同吧。那是不是可以靠信息差过上更好的生活。如何依靠这条信息赚钱呢？如果他们最终还是选择战争，他便决定把所有积蓄提前拿去买食物，到时候高价卖出，那时候谁还管得着。这样可以赚多少钱？能够进入中心区吗？一方面他担心这种有些卑鄙的方式在中心区里会被别人瞧不起，但他又觉得这也是自己的努力，为什么不能得到承认？

屏幕漆黑，一面镜子，虚拟空间，验证存在。如果显示器也连接着一个世界，那其视角也在观看现实。屏幕应该是透明的，不同于任何玻璃的透明，直觉式的透明。黑色，捕捉不成画面。沉默，也是一种节目。也许在房间的每个角落，都装着监视器，自己也在表演，也是观众。

真的开始累了，不知过去多久，渐渐变得没有知觉。闭嘴。他躺在床上睡着了。也许是记忆药剂的效果开始退去，这次他没有做任何梦，脑子是空的，终于停下了吗？没有任何幻觉，连同意识也在此刻沉沉地睡去。他知道自己在睡觉，这是永远确定的。睡了很久，一千个世纪，都没有梦。全是空的。想什么，无言，无障。

念念。

一阵刺眼的光亮将他从沉睡中惊醒，他惊恐地睁开眼，环顾四周。房间一片漆黑，灯没有打开，根本就没有一丝光线。是噩梦还是自己根本没有睡着。

"霍辙你在房间里吗？"门外传来达达的声音。

"啊，我在里面，怎么，出什么事了？"他条件反射般回答一大堆话，说完才发现自己实际上连眼睛都没睁开，身体像是被捆在床上。他动不了。

达达推开门走进来，说道："你还好吧？我看你回基地之后整个人的精神状态并不是很好。"

"我没事，只是有点累，我很久都没有经历过这么高强度的运动。"他吃力地从床上坐起来，睁开眼睛。他发现自己其实睡着了的，身体从未如此劳累。

"我也没料到今天的情况会这么特殊，那群人果然还没放弃利用你。以后你在组织里和我们训练一段时间，下次再遇到这类情况也会习惯的。"达达轻声说。

他陷入沉默，再次审视这个名为E的组织。她是想让自己加入吗？他想到阿西对他说的那些话，说他根本不懂，那要多久能明白？达达是在信任他？他不确定自己能否也可以像他们一样理解。他感觉有些重心不稳，觉得自己太丧气了，但是这个组织其他人会同意吗？就像阿西……还有那"它"到底为何？该如何去运用，在E中真的就能理解吗？外来人中的先知。

"我现在还是无法相信这几天经历过的事情，这些真的都存在，真的难以置信。"他叹了口气，与身体痛觉相伴的是整个人在精神上的疲惫。

"你指的是什么？我们还是外星人？"达达问道。

"可能都有吧，我也不确定，"霍辙将手插入头发间，"达达，你第一次听到外星人的消息时是怎么样的感受？"

"当然也和你一样震惊喽，不过我很快就接受了。因为我觉得世界上有外星人就是件很酷的事，反正人类和外星人迟早会见面的。不是我们去找它们，就是它们来找我们。我们也挺幸运的，这件重要的事正好让我们赶上了。"达达回答得很认真。

"幸运吗？你能这么想真好，但我总是对他们来的方式感到害怕，大概是因为我根本不了解它们吧。"他很纠结，为什么她的看法与自己完全不一样。这种事情也能叫幸运吗？

"本来我也有些害怕它们，但后来我认为它们是善意的，我们不都安好地度过这两个星期了吗？再说，迟早有一天所有人都会知道外星人来地球这件事，我们只不过比大多数人早了几天，没什么好担心的。"达达说。

"有一天所有人都会知道外星人的存在，我们只是早知道了几天。"真的有一天人们都会知道那些外星人吗？那世界恐怕要乱套了吧。他看着达达清秀的脸庞，有些拘谨地问，"你在这里有感受到自由吗？"

"当然啦，我在这里每天都过得很快乐。"达达眨了眨眼，她的脸上竟然还露出几分笑意，看得出她是真的开心。

霍辙沉默了，他看着达达脸上的高兴似乎明白了眼前这位女孩的自由。对她而言自由就意味着满足自己的快乐。

虚掩的房门又被推开，阿西走了进来，他看见达达也在房间里显得有些惊讶，接着立马摆出冷漠的样子，片刻间又抹去脸上的一切表情，对霍辙说道："霍辙，尼金让你去找他，就现在。"

"好，我这就去。"霍辙回答，他有些慌乱，尼金，竟然还要找他。自己明明提供不了任何信息了。本来还计划着等会再休息一会，现在的时间，房间没有钟，手机自从关机后一直没能充电。他迫切地想要钟，仅仅是钟表，那种带有圆盘与指针的钟。不要带着数字，电子钟里没有时间。只是数字的时间没有意义，抽象，无法理解。数字什么都不是，时间是流动而不是跳动的。只有看到那指针转动，在机械齿轮运动的片刻，时间才跟上节拍，像演奏中的音乐。而圆盘，滑动的时间，无穷小的分割，稠密的绵延，即使暂停或快进都追不上那只慢腾腾的乌龟。每一秒都无法提早一秒耗尽。刚才计划到哪了，还有些事等回来后再重新制定吧。

得到霍辙的回复后阿西没有再过多停留，立即转身离开，但刚迈出第一步后又好像忘了什么东西似的折回来，侧着脸站在之前的位置，也不知是对达达还是霍辙说道："他们布置在月球基地的那艘星舰，在出发后失踪了。"话音刚落他又立即离开，没有多说一句。房门被带上了。

"矢量号"失踪了？霍辙无比惊讶，他第一时间想到的是外星人发起了进攻。如果这艘代表A最高战力的星舰都已沉没，那人类拿什么与外星人抗衡？他们会最终还是向外星人发动进攻了吗？果然自己的信息没有一点用。算了，本来就是假的。但是这事情又有些蹊跷，为什么是失踪了，不应该是直接被击毁吗？

"这件事情不会是我们的行动，目前我们没有接到任何对'矢量号'行动的指令，而且对于他们在月球基地的行动，我们根本找不到任何机会插手。"达达像是看穿了霍辙的猜疑，担忧地对他说。

"难道真是外星人在对我们示警？"他同样深感不安。

"很难说，唯一明确的是这件事情将在A内部造成很大的影响，恐怕再过几天各国政府就会坐不住了，召开新闻发布会，正式向民众宣布外星人的消息，他们已经藏不住了。"达达说。

　　"我知道这件事的重要性，你们如果有什么需要，我一定会尽力帮忙的。"霍辙说道。

　　"目前还不知道这件事对我们算不算是好消息，恐怕世界各地的组织都会采取大规模的特殊行动，这也许是个机遇。"达达继续说。

　　"我越来越无法理解这个世界了，有些事情的发展真的太……无法形容了。恐怕和你说的一样，我们真的在见证历史。"霍辙说。

　　"我明白你的感受，你赶快去找尼金吧，估计他找你也是想再问你些关于A的信息，我也先回去了，最近基地会很忙。"达达深深地看了他一眼，说完向屋外走去。

　　"嗯，你去忙吧，我这就去找尼金。"霍辙应答道。

　　"时间不早了，外面天已经亮了。"达达说完在门前站了片刻，也离开了房间。

　　原来是白天了吗？我在床上睡了那么久吗？怎么会这么酸，好沉啊。是啊。起来吧。升降流推着我运动，身体还是控制不了，大脑，大脑似乎好点了。什么是好的。我该干什么的。床变软了。塌陷了。又不会说话了。果然，话，得有人才能说。嘴里味道像泡沫。一切都是冷冰冰的。我没价值了，放假了，什么事都不用干。轻松啊，自由！僵硬了，身子完全动不了。就这样，啊——别想事情了，赶快起来吧。筋，僵硬的橡皮筋。不是不想做。不是身体累。精神也不累。就差一个理由。不要再昏过去，尼金还在等我。尼金！还有事情要去做，清醒清醒清醒！他越是想控制身体越觉得脑中嗡嗡作响。

　　霍辙走在地下的通道中，白色的灯管中像附着一层灰，灯光里总仿佛有团黑影，刻意压抑着环境中的亮度。他看见前方有个人倚着墙站着，孤独的侧影，是阿西。他感觉阿西是有预谋地站在那里，通往尼金办公室的必经之路，但他并不打算和阿西说话，也想避免眼神上的交流，他认为自己和阿西间缺少某种默契，并不适合发生交流，但唯有沟通才能消融误会之冰，以后才有机会避免陷入另一种纠缠。霍辙平复着自己的心情，他想着要不就和阿西打个招呼，用闲谈的方式重新认识，"嗨，阿西，有空我们可以找个地方喝一杯。"阿西冷漠地回答："不必，我们还没熟悉到那种程度。"他也觉得这样做确实不好，毕竟才认识多久，阿西也没有理由接话，况且这样只会把自己放得更低。走得更近了，马上就要碰面了，阿西还是纹丝不动地站在原地，像根本没有注意到自己，那就表达一下感谢，"谢谢你刚才来找我，又告诉我'矢量号'的消息，很多事情我现在才了解。"阿西头也不回地说："无须多言，找你只是任务。"霍辙并不觉得感谢会起到任何作用。如果刚才传来的是好消息，那自然有理由对信使表达感激，但是这些事情无论从什么角度看都不像是好事。没有察觉，他已经与阿西擦肩而过，或许还是态度诚恳地道个歉吧，回过头对阿西说："很抱歉给你添了这么多麻烦，真的对不起。"阿西愣了一下，说："最好这些事情真的与你无关。"他也不知道自己为什么要莫名其妙地和阿西道歉，明明什么都没做错，即使帮助了A也完全是无意识的。那就让那人继续站在原地吧。已经走过很多路了，现在还要说话就得再跑回去，可他真的又有太多事迫切地想知道答案，比如这座地下建筑，还有尼金和达达，如果还不能直接交流。但这种行为大概会让人感到厌烦吧。可那个沉默的人与他又是如此相像，被自愿的孤独占据内心后散发出的生人勿进的警示。不需要过多言语，一个充满困惑的眼神反馈，就足以让接触停滞不前，这是相互沟通的极限。这类难以共情的异类注定是不易被理解的，其中有些将被人们仰视，还有一些会被多数人踩在脚底。因此阿西信仰的是一切此前与此后发生的事，观测最远处与眼下的不同，又是一种诡异的内在模式。于是他唯一能做的事情就成了寻找，甚至在开始这种行为后，连何时停下的决定权都不被他掌握。霍辙走到了这条通道的尽头，在整个绵长且连贯的过程中，他没有和阿西说上一句话，不说话也没什么不对的，他在转角处还是回头望了一眼，没有任何动静，阿西已经消失不见。

　　凭着印象他很快找到尼金的办公室，黑色的双扇门，金属门把手，独一无二的。又来到这里，这扇独一无二的门面前。他盯着门有些出神，原来这是有花纹的，门的边框上是莨苕纹饰。延伸，将黑色围成一个圈。大厅传来脚步声，有人来了，越来越近。直接进去吧。

　　他走进房间，看见尼金没有坐着，而是站在一个精致的鸟笼前。之前这个鸟笼被黑色窗帘完全罩住，果然，地下的世界里怎么可能会有窗户？他小心翼翼地把门关上，但是尼金好像没有听见，连头也没回。

他缓缓走到尼金的身边，控制脚步声，不想显得过分鬼祟，看着鸟笼，还有里面那只立在杆子上的鸟，轻声轻气地嘀咕了一句。

"很可爱的鸟。"

尼金还是没有看他，平静地问道："你知道这是什么鸟吗？"

霍辙盯着这只鸟，鸟是黑色的，羽毛上浮着一层油亮的光泽，眼睛是橙黄中透着黑，就像天文望远镜中的太阳黑子，深邃。鸟的爪子很尖锐，那根杆子上有些细小的纹路，是抓出来的，但更锋利的是它的喙，像刺剑。他对鸟并不熟悉，不过据他所知黑色的鸟除了乌鸦就只有："八哥？"

"没错，你有没有被它迷住？"尼金显得很高兴，他看着鸟的眼神变得很古怪。

"哈哈，这类鸟确实很有趣。"

他对八哥的了解仅限于它和鹦鹉一样，会学人说话，此外一无所知。他也不打算对一只鸟发表什么深刻的见解，尼金找他来到底是为了什么事？

"它很聪明，也很勇敢，是如此纯洁，或许过不了多久我就会下定决心将它重新放回自然，"尼金拉下了鸟笼上黑色的帷幕，他看着霍辙说，"可是我又不忍心让这只美丽的精灵忍受世外的污浊。"

"也许你应该给它自由，让它自己成长。"

尼金走回了办公桌，他又变得很悲伤："不行的，我曾经试图将它放生，它却宁愿选择待在笼子里，它已经不会飞了。"

"是啊，笼里的鸟关久了，是飞不掉的。"

虽然这是鸟，黑色羽毛绵延至笼子里的角落，招呼着翅膀，舒展做运动，但还不过是具骨架，鸟罢了。它的尖刺狠狠地扎向身体，刺出绒毛下的心头血。如果它还是只鸟，那就绝不会向往天空，而应该是茂密的丛林。天空只是幻灭的象征，它达不到的，那里从来不会是藏身之所。唯有以嘶鸣回应荒野的呼唤，才能重新像只鸟一样飞翔，坠落。对鸟而言自然的野性从来都是弥足珍贵的，无论最后是栖息于笼内，还是成为餐桌上的佳肴。

他也跟着尼金从鸟笼旁走开，坐到沙发上，和前一次来时坐的是同样的位置，也许连屁股下的压痕也会一样。房间里没有任何声音，他正等着尼金告诉他这次叫他来的目的，如果是关于"矢量号"，他一点都不知道。

尼金有些呆滞地望着霍辙，他的声音还是很压抑，像是在忏悔："希望你不要像这只可怜的鸟一样，看不清现实，被蒙在黑布里。鸟已经放弃了去追逐自由，只会被人利用，一直重复着让人无法理解的声音，它根本不明白用的是什么语言。你应该也发现了，城市里大多数人都是这样，他们只会麻痹自己，也已经忘记自由的感觉，习惯当一只笼中鸟。"

"嗯，我知道。"他问自己知道吗，至少与大多数人相比他还是更懂一点自由，只有那么一点点吧。微不足道。

笼子里传来声音，是八哥在挥动着翅膀。

"叮叮"，它在啄鸟笼，像音叉的振动。

没声了。

等待。

所以这种呼声应该被归为痛苦，表达关于离开世界逃进铁笼的故事。

"从现在开始，他们就是我们的敌人，最大的敌人。"尼金郑重地宣告，他的眼中闪着严峻的冷光。

他抬起头看尼金，问道："他们向外星人发动攻击了？"

尼金从座位上站起来，他的姿态像一条蛇。昂首，收缩，随时准备发动进攻。

寒气游动。

"其实在我看来，你们与他们在很多地方是很像的。"

他不知道自己为什么会这么说，这是两个完全对立组织，无论风格还是本质都不可能像。除了都是那么神秘。黑房，白灯，黑旗。简约，枯燥。

"很有趣的观点，我发觉你真的很有想法，不妨说来听听。"尼金脸色一愠，看向霍辙，皮笑肉不笑地说。他在房间里来回踱着，然后走到桌子边上给自己倒了一杯透明的液体。水。玻璃杯中浮出些许气泡。

"我只是想说，也许他们中至少还有些人是好的，也许里面真的有希望和平的人。"

自己算不算在帮他们说话，明明他们一直在威胁自己的生命。自己说的是谁？马罗，李迎骄，领路人，追捕者，看不清，有太多的谎言。有罪。但毁灭这个词又让他感到畏惧。

思想的匣子，分裂，肆虐。

"好人？放弃你天真的幻想吧。他们的成立本来就是个笑话。"尼金的语气容不得一点质疑，他放下手里的杯子，用三根手指托住前额，眼睛中闪动着霓虹灯似的光芒，在手指的掩护下死死盯着霍辙那张显得苍白的面孔。

"所以……"

他低语，他无言。

真的，那人没有给出答案。有被骗吗？

霍辙没有反应，他将身体深深地包裹在沙发中。就像蜷缩在自己那间狭小的公寓，扭曲的楼道将阻断来自繁华处的嘈杂之风，城市从来都是这么保护他的。

"一些不良现象让你迷惘，但绝不会阻止你思考，你不能因为四周安静也保持沉默！"

尼金发出低沉的咆哮。

尼金的话，这是一种悲哀，对社会的悲哀。他好像听懂了些什么，对知识的接受又总是苦涩的。

他对声音感到害怕。

训诫的声音不绝如缕。

"……"他假装自己作出了回应。

"你要喝水吗？来一杯。"

尼金举着杯子冲他示意了一下。

他点了点头。

自己渴吗？一直在听而已，不就是杯水嘛，又不会是什么毒芹汁。

他接过那个透明的玻璃杯，摸起来有种塑料感，底很厚，杯壁上是玫瑰花浮雕，磨砂的，给手带来刺痛的触觉体验。他盯着半杯水，水也是透明的。一仰头全喝了。

心外明镜，屋内沸腾。

桌子上的通讯器里忽然传出声音。

"尼金，基地出现紧急状况，所有出口被封锁，我们被包围了，对方人很多。"

尼金眯着眼看着霍辙，接着又问对讲机："是他们吗？"

又过半晌，通讯器又传来声音："确定是他们，目前对方尚未开火。"

"问他们，有什么要求？"尼金再次下达指令。

"他们要求把那个交给他们。"通讯器里传出声音。

对方是谁？那个东西又是什么？还有为什么尼金故意要让自己听见通讯器内的声音？大概在这里就没有任何秘密吧。

房间里涌动着来自不同方向的风。

尼金没有立即回复，他起身绕着房间转了一圈，椅子在地板上被拖扯出刺耳的杂声，最后回到座位上，目光直视着霍辙。许久后才向着对讲机回复："同意他们的要求，让他们到大厅等我。"

墙外传来鼓点似的敲击声。

尼金说："走吧霍辙，来接你的人已经到了，那我们就，后会有期。"

他感到奇怪，他猜不到究竟是谁会来接他，但心中仍有种强烈预感，唯一的可能性。于是跟着尼金走出门，穿过走廊，抵达大厅，大圆顶。他想要说话，有太多疑惑需要答案，该问什么呢，喉咙震不出声音，物理上的失声，精神上语序颠倒，无形中的威压。逻辑组织不成语言，提问也不会有回答。所以还能再见吗？

这里与昨天来时一样，并不过分空寂，今天他看不见任何人。黑色铁楼梯，像根纤细的安全绳拽住这座深埋地下的要塞，使其不至于下沉到更黑暗的地底。声音的频率，一阵靴子发出的步伐声，是有回音的，他无法判断这声音到底来自哪个方向。不受约束的担忧，他们要把我交给谁？他们不保护我了吗？像被脚步声震颤，双腿开始微微颤抖。能量传导的方式。眼睛局促地移向脚下，保持冷静，至少得装一下。他又看了眼楼梯，声音不来自那里，没有任何人下来。脚步声持续变响，更近，他分辨清了，是两个人。

从光暗相隔的拐角出现两个人，正是马罗和李迎骄，A的人，预料中的人。他用余光瞥向那两人，却害怕与他们有任何目光上的接触。他们的眼，透视的魔力，穿上黑衣，肌肤将不再被遮蔽，全身赤裸地暴露在众人面前，他们正要穿过，人影得以显现。萌生一个念头，逃跑，逃到这么多的房间中的任意一个，最好是尽头，上锁的房间。从黑色楼梯逃到地面，云梯，直达天空的藤蔓。他提不起脚，身体被牢牢地定在原点，连同行为本身。

尼金看着来的人冷笑着说道："我还以为你们会晚点来，这么快就等不及了，上级又在对你们下什么命令？"

言语永远是最趁手的武器。

马罗仿佛耳聋一般无动于衷，他在原地顿了几秒，又径直走到霍辙面前说："霍先生，我们必须得走了。"他的声音不重，但就是让霍辙不得不照做。

他犹豫了一下，但还是跟着马罗迈出了这一步，很轻松。

马罗走到尼金的面前说："我们的任务，请见谅。"

他的声音中没有蔑视，没有狂傲，没有任何情绪。这也许就是零件运作时特有的声音。和谐的律动，单纯而极致的组合。

于是脚步也随之带动着辗转一圈又一圈。

他登上那辆型号为QM12的磁电客车，这次乘车时没有被打晕，却也无法再体验到更多的清醒。

车内是那股意料中的皮革味。

通过车窗，他望见城市在浑浊的光线映照下缓缓初升。星期一，又将是道轮回的开始。

战车驶过大街小巷：尘土飞扬下的男男女女，从黎明穿梭到黄昏。树、机器、桥梁，静穆中轰鸣，还有渺小的飞虫在原地打转，舞动着略显忧郁的轨迹。对于复杂建筑的统计与揣摩，皆被视为私人的消遣。无把握能做到什么，只是在逃脱时，会无根据地感到疲惫，如头脑难得清醒时突然袭来的带着火热光芒的激情。

此刻，在日光下，他终于感到和这座城市融为一体。

第七章

A基地，会议室。

霍辙坐在熟悉的位置上，一天前他就坐在这里，回忆所谓的外星人对地球发出的信息，以为自己能拯救世界，结果到头来只是在欺骗自己。他抬头看着坐在他对面的两位"守卫"，一种突如其来的无力感。这次他不可能再有离开的机会，在来的路上他是清醒的，他知道他们的基地在城市的哪个角落，揭穿他们，但这条信息却永远发不出去。人都出不去。这次他们要我干什么，上次只是用些记忆药水让我说些真话，这次恐怕要动真格。

"我不知道你们还想问我什么，我已经把所有我知道的关于外星人的事都告诉你们了。"他说。

他觉得自己有一瞬间不再是过去那个他，他知道了A的目的，也更理解自由。或许更强大了。

但真的有任何不同吗？其实也还是一样吧。

"很抱歉，霍先生，我们不得不立即把你带回来，"马罗怀着歉意地说道，"这是来自上级的指令。"

"昨天你们把我放了，今天又重新把我抓回来，你们是为了什么？"霍辙不屑地回答，他想让自己尽量显得坚毅。

"霍辙，这是来自上级的直接命令，没得商量，必须无条件执行。"李迎骄像是在解释，也像在警告，语气比马罗严肃得多。

他没有感到意外，果然又是这套说辞。

他猛地从座位上站起来，大声说道："我受够了你们的谎言，别再找这么多借口。你们准备如何处置我？杀了？就在这里？"

"不，我想你完全误会了，我们从来没有想过要伤害你，"马罗的脸上露出一丝诧异，"其实根据我们的调查，我们早就知道你的身份。"

"我的身份？你们一定是弄错了，"他极力辩解，想消除误会，"我和那些E的人之前根本不认识，相反还是因为你们，他们才找上的我。"

他又有些后悔，自己在辩解什么。难道他们还会因为自己的解释就放自己回去吗？

他们怎么离我这么远？

房间出奇的静。

"我说的是您作为外星人的身份，"马罗目不转睛地看着霍辙，"您无须再掩饰了。"

炸出声响雷。

"你说什……我是外星人？"

霍辙惊愕无比，他的五官变得极度扭曲，眼中黯淡得看不出任何光泽，透着一股神形化一的迷惘。

"是的，你是外星人。"

"这不可能！你们在骗我！"

"我们没有骗你，你就是外星人。"

马罗将一段视频投屏到会议室的墙面上说："你看这是我们对那间移动厕所四周监控的调查，你看这个时间点你正好进去，又过去几分钟，这是那束从火星来的高能粒子流，脉冲信号显示最终粒子流降落到这间移动厕所。然后这是粒子流与你接触那段时间的录像，把视频放慢，通过多种射线波谱对照分析，那股粒子流最终的落点就是你的身体。所以可以这么说，你就是外星人。"

霍辙再次从座椅上一跃而起，他没法听进任何解释，只是扫视着自己的双手，又伸手摸了摸自己的脸颊，最后颓然坐下："可我就是霍辙啊，我根本不记得什么外星人。你们可以给我做细胞分析，基因测定，我肯定是人类啊。你们绝对弄错了。不！图片是假的，你们又在骗我！"

李迎骄皱了下眉，他说道："你真的不必继续伪装，即使你是外星人我们也不会对你采取任何过分的措施，我们与你们只是需要好好地谈谈。"

突如其来的意外让他手足无措，大脑到现在还晕乎乎的，他完全不知道自己都经历了些什么，但那些视频，却那么像是真的。我是谁？我到底是谁？又是这种奇特的感觉，又要开始呓语，脑里混乱的声音，停下！

"我说了，我就是霍辙，我从小就在这座城市长大，"他克制着自己情绪，尽可能以正常的方式说，"你们可以去看我的资料。"

"我们查询了个人信息库里关于你的所有资料，你是正常的人类这没有错，不过那是以前。现在，确切地说是从移动厕所出来后，你已经变成了外星人。"李迎骄继续说。

霍辙吃力地用手上下抚摸着自己的身体，从头顶到脸庞，再到身体的每个角落，一遍又一遍，他含糊不清地说："可我就是霍辙，就是人类啊。我根本不记得自己是外星人啊。"他开始重新审视自己的记忆，没有错，自己根本没有接触到什么外星人，也没有听到外星人的消息，那只是滴水声，水声罢了，那个白色的轮廓，只是自己的影子罢了，自己的影子，影子吗？

马罗与李迎骄两人都默不作声，他们看着眼前那个人机械的行为。随时会颓然倒下。

"我是霍辙，一个地球人。"他突然慌慌张张地大声喊道，"等下，你们一定有测谎仪吧，对我测试，我真的不是外星人！"

"霍辙，我们知道你说的都是真的，我也相信你从来都没有骗我，但是你必须接受自己就是外星人这个事实。"马罗说得很慢，声音很轻，可每个字都像陨石砸向霍辙的身上。

"这是什么事实，我对外星人根本没有任何记忆，你们凭什么污蔑我是外星人？你们不是有那个恢复记忆的药水吗？有没有让人说实话的药水？都给我用上。还有那记忆药剂，通通给我注射，我可以把自己从小到大的经历全部复述一遍，我绝对不会是什么外星人！"霍辙变得歇斯底里。

李迎骄声音也大了几分："我们根本就没有给你注射什么记忆药剂，我们没那东西。给你注射的只是葡萄糖，充当安慰剂。在厕所里的信息都是你自己回想起来的。"

没有注射？不对，那些模糊的记忆，那串旋律，还有那股气味我是如何回想起的？这不可能啊！靠定义、理论、公理、推论，得到一个问题的答案，学会一种回答问题的方式。但记忆也能靠这条路径回溯？复杂的迷宫已经不容涉足。

他痛苦地闭上眼睛，但是意识中随即出现了些根本不应该存在于他记忆中的片段，而且那些场景越来越多，越变越清晰，连贯成影像，而且就要把他原有的记忆通通赶出脑外。他试着睁了一下眼睛，明晃晃的灯光照得他眼睛生疼。他蜷缩在椅子上，手臂牢牢抱紧自己的双腿，努力把头埋得很深。

一团肉球。

"霍辙，你先冷静一下，我知道你一时很难接受这件事。但请你仔细回想一下，从那间移动厕所出来后，你有没有察觉到身体上的一些变化，还有你在思考或情感上有没有感觉与之前的日常习惯出现什么不同？这些是我们没法用任何机器观测的。"马罗将身子微微前倾，试着开导霍辙。

呼气，吸气，呼气，吸气，呼气，吸气，脑户穿天星，双顶觉神堂，额角游离至耳后，聋声哑语交百会。

不，振作，醒来。

手也没力气，脑袋也沉没，在说胡话了。好大一座山，活生生的幽灵，劈头盖脸地砸下，碾碎的是镜子里的万花筒。又要将我推醒，警告说得保持沉默，根本就没什么真相可言，怎能不会感到沉闷。

眼前开始变得浑浊，我像是被放空在一片无垠的宇宙中，感觉得到的虚无，因为根本什么都感受不到。眼睛和视觉变得透明，身体一切都消失不见，向着更高的地方扩散。黑暗从四面八方膨胀地袭来，在即将与意识碰撞前的一瞬间那团混沌又归为澄清，变成一股气流吹拂过自己。身体的控制又回来了，以一种更契合的方式与意识紧密贴合。四周是沉寂的，没有任何亮光，压力也变得疏忽不定，蕴与界，无常无定。

前一刻宛如支撑着整片深海，后一刹又遨游在无尽藏中。

渐渐融化的黑暗中，不和谐的光点向我飞速袭来，感觉不到谁在运动，光点永远那么脆弱，触不可及。光开始绽放，在呼吸，它们一点，两点，遥远地向外喷射着赭石，嫩黄，桃红色的光粒，如同新生前的律动，向黑暗边界外播撒希望的种子。看着。徒劳。在隐秘之中，竟还有束墨绿色的光在闪烁，它潜行于无形之中，对绝对的黑暗而言，这束几近无形的光线不存在被察觉的可能，在数次挣扎后，它将永远地沉寂。

又是一种感觉，突如其来的巨大引力将这方时空彻底粉碎。感官被迅速抽离出这个原点，身体，如果尚且存在，必定也将被拉扯成一条无限长的光。意识在星空中极快地穿梭，瞬间便掠过无数个星系。原来真的是星空。在一颗星球的上空，在无数层气浪的重重叠叠中，大地在瓦解，尘埃，挡住来自宇宙深空中的一束光，也仅仅是一下。在凋零的大地上，一道光芒从灰土与云层里激射，璀璨的光柱震撼又华美，它散射在不远处，瞬间的焰火，分散后的光更耀眼，铺天盖地地向星空深处前进。

这段记忆来自何处，如此刻骨铭心，宛如在虚幻梦境中记录的真实发生的故事。如果这一切不是真的，那其呈现给我又为了什么？

我看见宇宙，看到万物衍化的轨迹，一种无止境的过程，不知怎么回事，我想起了囚笼里的那只八哥鸟。

"这整件事完全是我的责任，我应该从第一次见到你就告诉你你的真实身份。"

马罗的声音将霍辙的意识从幻境中抽离。

房间，还是和原来一模一样。

马罗继续开口缓缓地说："从带你来的时候我就知道你是外星人了，所以我们原想和你好好聊聊，关于我们两个文明的沟通。但你，似乎什么都不知道。后来我猜测，外星人为什么会选择你作为接触地球的载体，而不是直接与我们政府对话，可能是想通过一个文明中个体的视角来更好地理解人类。无论何种形式的接触，能沟通交流这才是最终目的。于是我想通了，我不应该把你关在我们这里，你应当去看看人类文明中的城市，人类的不同个体是以什么样的方式生活，这样才能让我们彼此间更了解。只是我也没想到在你离开后E也注意到你，没有保护好你更是我工作的失职。其实在把你送回去之后，我们特意批准了你进出城市中心区的权限，但你，似乎没有收到这则信息。"

马罗见霍辙还是木讷地坐在椅子上，便继续开口说："我一直都希望人类与外星人能和平接触，我有充分的理由相信外星人来地球的目的是善意的。但是上级并不会这么想，多数领导希望发动战争，一场浩大且'正义'的战争对他们掌权是有利的。于是我将和平的希望寄托于你，我把你送回城市完全是背着上级。我想让你知道人类的社会还是美好的，多数人都是无辜的，有很多人都希望能与你们和平接触。但我失败了，来不及了，上级执意要向外星人发起进攻，谁也无法阻拦。"

霍辙抬头看了看马罗，他的眼神是迷茫的，对人类的未来，也对自己犯下和未做的错误。李迎骄一言不发地低头看桌上的文件，手里紧紧攥着一只电子笔。终于停下了。眼前像笼罩着一层迷雾，宇宙的图景，光尘四散，模糊。这是哪，还是在地球上吗？重力的指向，左右颠倒，螺旋中前进，圆锥的切割，不同的组合。幻象。

记忆。无根。

"因为'矢量号'吗？被外星人击落的那艘星舰。"霍辙突然说话了，他开口问道。

"'矢量号'根本没有失踪，它也不是被外星人击落，"马罗的脸上竟罕见地露出一丝遗憾，却比悲伤更深刻，这具机器仅有的表情，"星舰在航行出发不久后因为冲量引擎运行瞬间过载，导致动力系统失衡，星舰很快失去控制，最后坠毁在月球背面，舰上所有成员，无一幸存。"

"但是这和外星人又有什么关系呢，他们根本没有表现出任何攻击的意图。"霍辙感到惊讶，他怎么也没想到这艘被E颇为忌惮的巨型武器竟然会毁于自身的原因。

所以摧毁"矢量号"的人是我？

是我将人类带入战争？

我是罪人？！

这绝不可能！

一定是谎言，欺骗！

"我不会相信你们，这一切都是你们的谎话，我从来不会是什么外星人！你们被操控，为了私利，平白诬陷！恶心，什么星舰，'矢量号'全部都是假的！这绝对不可能！"霍辙用手使劲揪着自己的头发，他沙哑地嘶喊，这是困兽临死前惨痛的号叫。

"霍辙你冷静，长官刚才说的全部都是真的。他是真的希望能和平地与你们接触。"李迎骄挺身，他随时警惕着霍辙会做出过分的举动。

"我没必要骗你，我的妹妹就在'矢量号'上服役。"马罗说得很平静，但掩饰不住字词间细微的颤抖。

　　马罗的记忆开始翻涌，从前的生活如同卷轴画一般展开，画纸上布满岁月的痕迹，就像他走过道路的不同分岔，不一样的风景呈现出差异明显的画面。有些是他正在前行的，有些是他感到后悔的，但没有一条路是能回头的。一道醒目的褶皱延长至画卷的末端，像是条裂缝，纠缠起纸上所有醒目的轨迹。房间内的温度变得和记忆中的那天一样燥热，他记起数年前在天台上望见的温柔星光，心情许久未曾变得如此不安。

　　他还记得自己小时候住的那间房子，房子所在的那栋楼和城市的中心区只隔了一条街。尽管对面的百层高楼几乎挡住他们家所有的阳光，但因为玻璃幕墙的反射家里总是很亮，满是不合时宜的光。他们家住的房子很大，有很多个房间，但其中很多房间都只是铺着空空的复合地板，没有任何家具。他们曾计划要把那些多余的房间改成电视房、健身房、衣帽间，但直到自己离开时那里还一直保留着原样。楼顶还有一个很宽阔的天台，没有下雨的晚上他都会和妹妹柳穗一起在上面吹着风望着星空聊天，那是来自街对面高楼里排出的热风和楼顶的指示灯。

　　他的父母都在当地颇有名气的公司中担任重要工作，公司就在街对面的高楼里，每年家里都会得到一笔可观的收入，但父母总是悲观地说，自己不过是看起来体面的打工仔，即使今天有再多收入，想继续维持生活也得看老板的意愿。他的父母总是抱怨家里什么都不够好，和他们工作的地方——那些几百层的高楼相比，城市外围是如何落后。他始终不理解父母说的高楼里到底有什么。直到后来参加工作，他都没有机会迈过这条街去看一看那儿究竟有多好。只是每天很早的时候，他都会从楼上透过玻璃窗看见自己父母和其他同事一起匆忙地赶在规定时间抵达中心区外围，再拿着工作通行证钻进一扇只为他们而开的临时小门，随着人群涌入城市中心区的某幢泛着朝阳金光的摩天大厦。

　　时间又回到那天，他收到中学的结业成绩，和计划中一样完美，足以令所有同龄人感到羡慕。可以预料，他将进入全国最好的学校，挑选最新最热门的专业，智能通信学、生物材料学、量子动力学，还是像父母期望的那样学个工商管理，或欢欣鼓舞地迈入人文学科领域，他都可以得到最好的资源，从此走上那条成功且平稳的人生路。但是在填报志愿学校的时候，他瞥了眼那一排最好的学校，什么都没有选，而是瞒着父母偷偷报考军校。这是他的梦想，除了柳穗，他谁也没说。他从小就想参军，保卫国家与人民，这才是他真正想干的事情。录取结果出来的那天，他永远忘不了父母知道后的眼神，不仅仅是失望，还有遭到背叛后的冷漠，他们陌生得像完全变了一个人。最后他的父母陷入激烈的争吵，纷纷指责对方为什么没有盯着他报志愿，在喧嚣结束过后父亲望着街道对岸的摩天大楼抽了一晚上的烟，母亲一个人躲在房间内抽泣。

　　为了整个家庭的未来，为了能让这个家庭往中心区的摩天大厦里挤一挤，从马罗出生那刻起，他的未来就被父母规划清楚。他的父母希望他能真正出人头地，他们将家里所有的积蓄都投资在他身上，他们用尽能得到的所有社会资源帮助他在商界铺路，为他请最好的老师，让他接受这些被创造出的知识，他们希望马罗以后能进入最好的学校，毕业后在商场上取得成绩，最后得到随意进出那些高楼的自由，永远不用担心明天醒来会不会失业。这是他们未完成的梦想，也是他们为自己孩子所能做到的一切。但谁也没有想到，马罗最后的选择不是商场而是战场，一条无法改变家庭的道路。

去军校的那个晚上，只有妹妹柳穗来送他离开。他只记得那天晚上天很暗，黑云像墨水一样泼灭整座城市所有的光亮，每一条街道，每一盏路灯都被熄灭。除了市中心，圈内的高楼永远散发着明晰的光芒。自己漂浮在这摊浑水之上，随着污浊的浪花沉浮，翻腾中迷茫。在黑暗中他看见柳穗注视他的目光，坚定，充满信任。在那一瞬间他又有些后悔自己的任性，为了自己的理想辜负家庭的希望，多么不负责任。在直升机轰鸣的震动声中，他对柳穗认真地喊道，自己以后会成为一个正义的人。

从军校毕业后，他被推荐加入特殊部队。在执行某次特殊任务期间，他一直无法与外界取得联系，直到完成任务后回到基地，才得知自己的父母在两个星期前因为车祸去世了。在得知消息后他立即赶回自己的故乡，差点错过父母的葬礼。他不愿回想葬礼那天亲戚朋友看他的眼神，仿佛父母的意外是他造成的：如果不是他当初任性地要去参军，他的父母就不会发生这场意外。他也没有去向任何人辩解，他知道现在说什么都为时已晚。从葬礼回来后柳穗扑在他怀里啜嚅："哥，以后这个家就只剩你我了。"

父母去世后，他们原先在中心区上班的公司没有任何表示，马罗也没办法跑到中心区找那家公司理论。缺少直接经济收入后，他们被迫卖掉原先的大房子，在几个街区外另租了套小房子。因为自己有任务，他也不能长时间陪在妹妹身边，但每次部队一有放假，离家再远，他也会以最快的速度回到家乡，去见他妹妹一面。只是随着时间的推移，他明白自己再也回不到过去生活的地方，那个离中心区一线之隔的顶楼与满载父母期望的未来，他终究还是如自己所愿踏上这条注定会被埋没在城市中的小径。很快又是几年过去，柳穗完成了学业参加结业考试，在填报志愿的前一天，他像曾经的父母一样很认真地劝了柳穗一个晚上，让她去选择一个有出路的专业，以后从事收入稳定的工作，当一个有安稳生活的普通人就好。但是上天仿佛和他开了个玩笑，他的妹妹和他一样不听话，毅然选择那条和他一样的道路。在军校期间柳穗的成绩和她哥哥一样优秀，她刚毕业就被调入部队。在之后的一段时间中，因为彼此工作的特殊要求，他们兄妹每年都见不了几次。

大概从这个时候起，马罗就对部队里的生活感到厌倦。他想要成为一位很好的士兵，但优秀的士兵必须肩负更多的责任。随着对部队生活的灰心他开始寻找另一条出路，去一个能够恪守他初心的地方。后来加入刚刚成立的A，虽然他原先的长官反复劝说他继续留在部队会有更高的收入，以后也有更大的升职可能，A只是负责城市治安的挂牌机构。他并不知道自己加入的这个机构到底意味着什么，今后的任务与过往会有何种不同，只是他知道在加入后至少会有一座可以定居的城市，也许以后就能过上安稳的生活，也只有这样自己才不会再因为满世界地执行任务又错过柳穗的休假。所以他还是选择加入这个新成立不久且来历神秘的特殊部门，也许这就是自己的归宿，保护好一块小小的地方。

在一个冬日早晨，柳穗千里迢迢地来到这座城市看他。刚一见面，柳穗就迫不及待地跑向他，兴奋地说她也通过申请获得加入A的资格，以后就可以在一起工作了。那是他们最开心的一个假期，他们游玩了这座城市的每一处景点，吃遍了城外的所有美食，规划着彼此日后在工作与生活上的安排，并学着像普通人一样重新适应生活。

但最后他们还是没能在一起工作，他还是被留在这座城市，随着工作上的优异表现被一路提拔，并开始全面负责这块区域的日常行动，而柳穗却被派往月球基地，执行更重要的秘密工作。在空港分别的那一天，柳穗笑着对他说："哥，想我的时候记得要往天上看哦。"

是啊，马罗想着，我们不过就隔着一个地月的距离。

回忆历历在目，每次和柳穗的相遇与离别都化成了此刻眼前模糊的影片，那么多共同的经历，那张最熟悉的笑脸，这一切就像是一场梦，一幕额外附赠的戏剧，终于随着"矢量号"的坠毁而谢幕。

梦也醒了。

房间是静的，每个人都在想自己的事。

霍辙无声低语："你们从一开始就知道我是外星人。"

一片沉默。

我被驱逐，精神错乱，杀死我或将我驯服。

"大概也就只有我不知道自己是外星人。"

还是沉默。

地基塌陷，掀起风暴，再也不愿回那洞穴。

"你们为什么不说话啊，说话啊！"

更多的沉默。

失声痛哭，搬不走山，趁着夜色不辞而别。

他不知道现在的自己到底算什么，地球人？外星人？到底是谁还有区别吗？

他像个遍体鳞伤的孩子，紧紧地蜷缩在椅子上，他在抽泣，应该憎恶吗？埋怨有用吗？身体再也不受控制，他滚到地上，厚厚的地毯柔软的依靠，眼泪啪嗒啪嗒地掉落，浸湿上面的花纹，一只鸟，又是一只鸟，拿脚盖住了那只鸟，不想再看见那片水渍，眼泪还是在流。自己在为谁哭泣？泪水再一次模糊视线，他的眼前又一次出现那张熟悉的面孔，记忆中的银白色的躯体，体态高雅的人类，完美的肌肉线条，和谐的形态轮廓，像极了文艺复兴后画像中的天使。他开始痴迷于眼前的幻境，他相信了，原来真有"它"，脸庞亦是如此亲切。

"你们，说句话啊。"

像是祈祷又是哀求，他死死地闭上双眼，虔诚地寻求答案。旋律悠扬，路人皆无动于衷，他仿佛明白，原来"它"的模样只有自己才能见到。

"霍辙，无论你是何种身份，我都会保护你的安全。"马罗从位置上站起来，神色复杂地看着眼前这位跪拜在地上的男子，他本想要动身，最后还是站在原点。

保护我的安全，这是在怜悯我吗？又是安全，安全有用吗？何必呢？

他整个人瘫倒在地毯上，像摊烂泥陷入地毯绒毛的缝隙，他说："我是谁真的还重要吗？你们想让我是谁就是谁吧！但你们要知道，无论你们说什么，我都只会相信我自己。……相信……自己……相信……"

"霍辙，你清醒点！现在再继续讨论你是不是外星人没有任何意义，"李迎骄说道，"无论如何，上级下达了正式向外星人发起攻击的命令，什么都无法改变了。"

"什么叫连我是谁都不重要了？不重要了，全都不重要了，"他突然将身体高高地隆起，瞪着眼睛看着面前的人问，"你们回答我一个问题，像我一样的人在地球上一共有多少，快回答我，快说！"

"我们在全球范围内先后共检测到七道高能脉冲信号，从理论上说应该有七人。"李迎骄回答。

"所以和我一样的还有六个人，他们在哪，也被你们抓走了？说，快，快告诉我，说啊！！！"

"不，确切地说就只有你一人，"马罗说，"在其他粒子流降落的区域我们找不到任何生物活动的迹象。"

"不可能，我不相信，怎么就只有我一个人。我是人类，我从来不是外星人。"

他的躯体又开始猛烈地颤抖，他实在无法相信世界上几十亿人，地上的三百座城市，只有他一个人遭受如此不公的待遇。外星人活该孤独吗？孤独，他原以为自己一个人生活那么久了便应当早已习惯的事，原来自己还是没什么变化。他俯下身子触摸着地毯，柔软的毛竟觉得粗糙，他触电般地缩回手，揣测这张毯子上流淌过多少鲜血。白色与红色，死与生。从开始就完全错误的见解。楼顶那双黑红色的眼睛，搜寻而无望。高塔依然耸立，金色光轮，是好美的谱线，飞去那，被召唤。身上的圆环层层相扣，解开一道还有一道，只剩褪去最坚硬的皮毛。皮肤，与裤子摩擦发出的声音，和其与地毯发出的声音会有何不同。介质的不同，厚薄关系，关乎声音，颠倒关系。前一秒与后一秒，因果颠倒。好长的一条鸿沟。如何形容接触的感觉，根本没有能用的词汇。

"你是外星人，你只是失忆了。"马罗冷静地看着他。眼神慈悲。

"我不会相信你们说的一切，从开始都是谎言，从来就没有什么外星人，我永远也不会原谅你们。"霍辙用手使劲将身体从地上撑起，如同燃烧生命般地嘶吼。但身体是无力的，从头顶至足底，每一根经脉仿佛都破碎，仅留藕断丝连的控制，再后，就要失去使唤肢体的技巧。他拼尽余下的力气拿头死命顶着该死的地毯，头发与厚厚的柔毛交织在一起，无声地发生交锋，他想凭脑袋把身体立起，即使是以倒立的方式，但还是没能做到，反而更像条在地上蠕动的蛆虫。

欲望就快消失殆尽了，器官也选择服从。身体挣扎了很久，他用完了所有力气，颓倒在地上。从没有任何人强迫他这么做。

他感觉自己像被最终宣判，再也没有机会上诉。只是很遗憾，自己苦苦寻觅的外星人，真的找不到了吗？

外星人就是自己？

第八章

从会议室出来后霍辙就一直将自己关在房间中，他躺在床上呆呆望着天花板。天花板时而离他很近，又忽然被推得很远，躯体像被地板牢牢地吸在床上，限制一切活动，无法动弹。无论他想睁眼还是闭上，都感觉不到自己所身处的环境，就像是从太空漂浮的孤独尘埃被行星的引力吸引到地面。意识彻底成了断断续续的纸带，头连着尾，无休止。忽然想到好多妙语。被完全洗礼。明明想着眼前的事情，记忆又会突然中断，脑中浮现昨天的事，前天的事。一个符号，关于理清记忆的符号，却忘记符号的书写方式。有意识于记忆缺失，一切符号只被误读成无意义的话语。归纳再现的往日图像，投身于无须解释的宇宙虚空。重力是假的，也是绝对的，技术的手段只能压制不能克服。几次想往墙壁上用力撞，头却感觉不到那股将自己从床上支撑起来的力气。身体里的气被完全抽空，连大脑都快要停止运动。这个瞬间很漫长，身体没有任何重量。轻飘飘。已经在床上躺了几个小时，又过了几天，甚至几年，像澄明的记忆被人们遗忘在不可观测的黑域中。

他知道在自己的身体中真的藏有外星人，即使从未接触，没有痕迹，但必须得去相信。早点接受对自己也好一些。多可笑的事，长着人类的外表，执行人类的行为，拥有人类的记忆，你是最另类的外星人。和我一样，最孤独的地球人。丑陋的皮囊还得同时容纳下两个灵魂。怎么可能会被允许？我就是我，我有我的意志，谁都无法干涉。你不会存在的。

在晦明的记忆片段中，总有些角落不合时宜地凸出，奇异宗教仪式中的篝火。那是一张脸，看不出是人还是动物，又近似机械的造物，所见之物，是镜像还是拟像。每当试图更进一步直观，这张脸总会忽然变得很大，大得像幻觉，塞满整个视域，变成无数张一模一样的复制，闪烁的彩色光亮后跳转出的是黑色。终结中消失。纪念，那些废料般的无形大块，记忆，狂风中久久不散的乌云。像模仿说话的方式，咿咿呀呀地发出音节。没有感到恐惧，反而是亲切，一种寻求互动的过程。隐晦的修辞。困，没有力气。无法将自我引爆，实在太可怜。

空间中，哪来的说话声，绝对不会是我的，何种形式的思想，绝不该归属常人的。意味深长且模糊的混杂。他者。复杂想法，这些陌生的语言，包括这句话，下一句话。复体。用碎片漂浮。文字的广度。用精神里的力气画出大弧线。无法表现。容易猥亵。不可逆的指向。浮夸至极的广告画。被抛来抛去，又被整合在一起了。到底这都在用的谁的声音。

真吵啊！

"喂！"

"出来！"

"你给我出来！"

他试着对存活在内心的外星生物做无声的呐喊，房间空洞洞的，没有声音，没有回音，没有震动，没有频率，他自说自话。

我从没有听到你说话。

是不是根本没发过讯息。

外星人与人类的对谈历来如此。

星外的世界该如何交谈。

人们还在期待你现身。

他不再抱有希望，放弃与幽灵继续可笑的对话。他将身体如软体动物似的吸附在床上，织物还是柔软的，他却愈发感到身体的干瘪，感觉脖颈上被套着坚硬的圆环，不能呼吸了，随后是身体，也被一圈一圈地围绕，根本不能行动。那我就是外星人，失忆的外星人，何必追问自己过去的名讳。谁会细看？自己的脸，嬉皮笑脸，过去的图像，肤浅表象。对发疯的行为进行剖析，显现出超乎直觉的真切。胡话与梦境的诱因，没有必要非得说出来。生命总在沉睡，我们偶然惊醒。你到底在哪？在或许不在。那又会如何。有谁在意过吗？自怜自艾的人，生来就为了被驱逐，与整个社会都格格不入。

万物对于他如同乌有。皆是一个样。他想回到自己的巢穴。

　　"霍辙，你在里面吗？"

　　门外传来敲门声，是马罗的声音，一个事先声张的兆头。

　　他没有回答，不想回答。保持沉默是唯一想做的事，门外那人还想干什么。非礼勿听。不必理会。声波从门外传入室内，通过夹缝，再小的地方也都是有空隙的，连原子间也无法做到的紧密，等击碎层层阻碍后再变得无力。这便是穿透的过程。所以，四周的壁垒还能带来保护吗？

　　愿意喊就喊吧。反正不听是做不到的。

　　马罗知道霍辙就在里面，便继续站在门口喊话："霍先生，我不知道你现在有没有记起什么，但请你不要这么悲观，毕竟事情还没有结束，我会保护你的安全。"

　　他继续盯着天花板，还有什么没结束，还有什么值得保护？当然了，现在自己已经是工具，可以被随时抛弃的棋子。他更愿意相信自己的沉默中蕴含能量，能败退外人的偏见，一旦自己再开口，就会泄露这股积蓄已久的力量。所以不能应答，这是免于崩溃的代价，只要努力掩饰面容，忽视所有情感，就不会再遭受更多的关注。

　　"也许我这辈子都无法理解你的感受，我知道这种事情换作谁都不会好受。"门外又传来了马罗的声音，流露着遗憾的色彩。

　　墙角的那盏灯还是这么暗，看不清房间，什么都看不见。如果说城市里有些楼房是浸没在漆黑的污水中，那么眼下的房间是被笼罩在黑雾中。但在黑暗中还可以靠声音来定位置，眼睛比耳朵感知更多。听到的语言就是谎言，从一开始到现在这句话都是在欺骗。没有什么好说的，听就意味着继续上当。床是软的，地板是硬的，谁规定的。感到畏惧，只因为不曾占有。

程式被固定，被修改。固化的，融化的。

媒介的连接，相交的瞬间，唾弃般接近。

"再等一会上级要派人把你接走，而且这次我也得受处分。他们认为我把你放出去是故意的，"马罗的脸上竟然露出了淡淡的笑意，自嘲似的说道，"这次我确实是故意的。"

"你想和我一起在基地走走吗？你来这么久我都没有带你参观过这里。无论如何我希望你能理解我。"马罗接着问道。他看见眼前的门始终没有打开，便转身打算离开。

房间的门打开了，霍辙站在门后面，他没有任何表情，也没有多余的动作，像一个忘上发条的木偶。

马罗有些意外，他没有想到霍辙真的会走出来。即使门外很空，他还是习惯性侧身给霍辙让出位置，他让自己的语气刻意显得轻松："来，跟我随便走走吧，没事的，在这座基地里我还做得了主。"

霍辙没有回答，也没有抗拒马罗的邀请，走出房间后跟着他，保持一段距离。将自我与世界隔离的安全范围。

马罗没有在意霍辙的反应，继续自己说话："等到你被总部带走后，即使上级没有把我调往别的地方，恐怕我也会申请退出。这份工作的责任太重大了，我已经太累了。"

——这是他的事情与我无关。他当然可以自己选择去哪里，他又不是外星人。上流社会，自然快活。

"可能我也就只会和你说吧，过去这些年我总是过得很难受，我有时候觉得我真的撑不下去。有时候我真的不知道自己加入部队是为了什么，这真的是我想要的生活吗？"

——这条黑色走廊原来并非没有尽头，这么快就到头了，接着又是一片黑色的区域。办公区域。亮着白色屏幕，图像震动的频率。

"也许我父母一开始就是对的，我就应该去从商，让自己成为都市区中的一员。"

——作为听众而已，不必参与，管他作甚。脚下的路变成铁板，鞋子与地面发出的敲击声。这是在往下走吗？越来越黑，踏入上宽下窄的漏斗。

"但你知道有些事情，一旦有人不希望你去做，你总是会很无助，即使你知道自己这么做是对的。真希望这次关于你的行动是我做过的最后一件错事。除了我妹妹，我从来没有对任何人说过这么多话。"

——他的妹妹，和"矢量号"一起留在了月球上。这件事对他的打击。也许是他唯一的软肋。

"哈哈，我有些说多了，真对不起让你听我说这么久。与一个外星人谈心，这就是我最后一个任务吗？真是唏嘘，到头来还是没人理解。"

——最后一个任务，你不会也天真地以为自己真能离开上级的控制吧？难道你到现在还不清楚他们的手段吗？别做梦了，你还逃得了吗？

"时候不早了，走吧，我们去前面等着吧，接你的飞机马上就要到了。"

霍辙自始至终没有回答一句话，他只是听着，看着马罗脸上的表情从彷徨变成无奈，最后在释然后又收起全部的表情，像台机器，一板一眼地执行。

"长官，总部的专机即将抵达，是否开启基地舱门？"

马罗手臂上的通讯器里传来声音。

不知不觉原来都走到停机坪了，霍辙这才发现自己已在一方极为宽阔的空间中，硕大的平台上停放着十余架不同型号的飞机，穿着制服的A机构成员在调试飞机。他回头望去，看见停机场的边缘亮着一排白色的灯。他们刚刚是从那儿出来的，再也回不去的地方。

"好，打开舱门。我和霍辙先生已经在停机坪等候了。"马罗向对话机的另一头回话。

霍辙抬头看向头顶，灰色金属搭建的棚顶出现了一个圆形的洞口，洞外是一方天空，他感受到一股强烈的气流从室外冲进自己的肺腔，控制不住地剧烈咳嗽。眼前这个洞是不是基地中唯一的窗户？

有窗就有光。

噪音从洞外传来，一架黑色的直升机出现在停机坪顶部的洞口，它减速从洞口穿过，并打开信号灯，橘黄色与白色交替闪烁。机翼一圈又一圈地转动，像一对铡刀，切割基地内几近停滞的气流。即使远在半空也能感受到这台大型机器运作时传来的威压。运动的。忽远忽近。直升机缓缓倾斜，降落到一半。转速变慢，轨迹清晰可见。

倒数，就快到了。

通讯器里再次传出急促的声音，"长官，有三架未经许可的直升机正在接近基地，不，它们是正冲着基地来的，基地的防空武器被操控了，它们，已经抵达。"

话音未落，眼前这架黑色直升机被一枚摇曳着火光的导弹直接命中，半空中发出震耳欲聋的爆炸声响，机体外壳瞬间冒起滚滚白烟，很快飞机失去控制，像一只扑火的飞蛾直直坠落在本应抵达的位置。残破的机体在停机坪上翻滚了一圈又一圈，残骸在火焰的燃烧中又窜起一道冲天的火光。

坠机。

霍辙顺着导弹的轨迹向空中看去，洞口又出现三架直升机，他们趁着那扇圆形"窗户"关闭前鱼贯穿过，并始终保持着整齐的编队。这些直升机没有降落，而是悬停在停机坪的半空。直升机引擎嘈杂的声音快要震碎基地壁垒。当所有人都在等待下一步行动时，半空中又一次射出一连串强烈的火光。三架直升机朝着停机坪的不同方向对地面进行无差别扫射。成卷的子弹如汹涌海潮拍打地面，清洗着除其以外的一切躁动。

"快趴下，注意隐蔽！"马罗迅速转身将霍辙拉到一处矮墙边上，并冲着他大声喊道。

霍辙跟着赶忙蹲下，他根本来不及反应在刚刚那个瞬间，空中都发生了什么。

马罗紧贴着墙壁缓慢移动，在确定眼下的位置处于直升机的视野盲区后，脱下身上的防弹衣扔给霍辙，并冲他喊道："快穿上。"

"各单位注意，基地正遭遇袭击，注意规避。"

广播声不合时宜地响起，但先前在停机坪上工作来不及撤离的那些人大半在金属子弹的攻击中变为尸体。平台上停着的各飞机也在攻击中彻底化成废铁。

他意识到原来刚才这一切都是真的，如果再多站几秒自己可能就死了，真的死了。他慌忙套上马罗给他的那件防弹衣，保佑这层单薄的屏障足够安全。在真实的死亡面前所有感觉都变得无比直接。他透过空隙看着空中那些翻腾的钢翼，确实是可怖的怪兽。

马罗对他大喊道："把头缩回来，靠着墙。"

他看到又是一连串子弹从几米外扫过，接着听见耳边传来一声巨响，一架停在地上的飞机油箱爆炸，泛着银光的碎片与粉末洒落在停机坪上。一些飞机零件上还残存着未灭的火星，像鬼火在森林中燃烧。明明这股热浪就在不远处翻滚，他却从背后感到一种由内而外的寒冷。深入骨髓。记忆都被冰封。机体本身的僵硬与被寒冷冻僵之间又有何区别呢？都没有任何自主的反抗的机会。寒冷与死亡总是相伴相随的。刺骨的痛感让求生意志变得强烈，也让精神在麻痹中变得迟钝。

　　"霍辙！霍辙！看我动作，我们等会找机会一起往里面转移。"马罗冲着霍辙喊道，又怕声音淹没在机枪声中，还大幅度地挥舞着手臂，指了指刚才来的地方。

　　他点了点头，现在只能这么做，继续留在空阔的停机坪上无异于等死，他并不想死。那排黑房子说远不远，六十米，最远不会超过七十米，跑过去要多久？平时大概十几秒，现在呢？那直升机的转身要几秒，三架飞机同时对准三个方向，火舌转个位置用不了一秒钟。路中间那地方有掩体，可以遮挡一阵。两次停留。那箱子挡得住吗？有两边都可以跑该选哪一个方向。砖瓦、碎石、废料，不要绊倒，最快速度冲，马罗他人呢？走了吗？

　　正当他们要起身挪动身位时，半空中飞过两枚导弹直直地命中了停机坪边缘那一排黑屋。火焰在里面蔓延，自动灭火系统开始工作，泡沫，膨胀中破碎，但那么些废料根本无济于事。接着又是两枚导弹，在空中划过一道狭长的弧线，将那里完全轰成一阵硝烟。

　　马罗和霍辙刚起身又退回原先的矮墙下，他们回不去室内了，再往那里跑无异于自杀。整座基地完全暴露出来。通讯器里久违地传来声响："长官，长官你听得到吗？你现在在哪里，我现在……我马上会带着小队出来接应你。"

　　是李迎骄的声音，他还活着。所以屋子里面还是安全的。他们小队还有多少人，能组织起对空防御吗？黑屋的深渊，狭长，即联想。恐惧于何，鬼魂的聚集。印记。湿热的巢穴。是该等待重见天日。其实无须挣扎。见过，都见过。

"我和霍辙在停机坪，我们有掩体保护，你们不要出来找我们，重复，你们不要出来找我们。"马罗向李迎骄下达指令，现在他只想尽可能让更多的人在这场毫无防备的袭击中活下来。

"收到，收到。"通讯器另一头传来李迎骄断断续续的说话声，一声爆裂声响起，他所在的位置又传来一次剧烈的震动。

厚厚的尘土从顶上落下，刚才导弹的轰炸似乎命中了基地的承重支架，巨大的顶棚开始摇摇晃晃地抖动。一个金属装置滚落到脚边，是广播的喇叭。那嘈杂的玩意已经发不出声了。

终于，在持续数分钟的射击与轰炸后，基地完全变成了焦土。

三架直升机从空中缓缓降落，盘踞在这片废墟仅存的空地上。

直升机的舱门缓缓打开，从里面走出一个人影，尼金。他身后跟着一众E的成员，黑色作战服，黑色武器，还有一面黑旗。

降临。

霍辙看向这列灰沉沉的队伍，里面有他认识的人，达达也在，阿西也在，只见过一面但说不上名字的人也在。他们是来干什么的？大概这就是他们说的大行动。他们是怎么来的？果然破解了气味。需要这么暴力吗？A是他们的敌人。他们会救我吗？他们一定会把我带走。他们知道我的身份吗？他们从不在意我的身份。对他们而言我还有什么价值？

我真的，真的很希望我能活着。

嗒。嗒。嗒。嗒。嗒。

从天而至的脚步声。

尼金朝身后的队伍打了个手势，示意他们原地停留，慢悠悠地走到掩体前，他早就看见马罗与霍辙躲在里面，朝着矮墙后说："好久不见啊各位，实在抱歉，把你们基地弄得，有点乱了。"

他的眼神中透出笑意。微笑。大笑。嘲笑。窃笑。苦笑。

如愿以偿的。

马罗从掩体后站起来，他知道现在根本逃不掉，一旦轻举妄动，E手中的那些枪会在瞬间向自己开火，他望着尼金，问："为什么？"

尼金随意地踢飞了地上的一块小石头，石头凭着动能在空中滑翔，掉落又弹飞，又掉又弹起，最后滚得很远。他说："为了阻止你们将人类文明推向毁灭，就是这么简单。"

马罗咬着牙齿仍平静地说："我们从来没有想要把地球推向战争，我们始终想保护人类。"

尼金突然大声笑了起来说："你自己相信吗？你们拿什么保护人类？你们连星舰都没了还想着和外星人打呢？"

马罗盯着尼金的眼睛，一字一顿地说："我们会用和平保护人类。"

尼金的笑容中蒙上了一层阴影，他歪着脑袋眯起眼问："和平？你有没有问过你的主人的意见。什么时候狗也会反咬主人了？"

"他们的意见是他们的事，与我们的立场无关。"马罗继续冷静地回答，他的表情没有因为尼金的挑衅产生任何变化。

"有意思，就连你也被他们洗脑了？还是觉得欺骗无知的人很好玩？"尼金继续向马罗走来，说，"还有霍辙你也别在地上蹲着了，你们戏演得真的很不错，什么外星人的信息，厕所的遭遇，不过就算说胡话也得编得认真点。你真会以为我没发现你是被A利用的工具。"

霍辙听见声音，从掩体后站了起来，他的目光始终盯着脚底。一层灰盖在他的鞋面上，像一个图案。这双鞋子还是很磨脚。无论什么时候这种感觉都是最直接的。

"我们的所有行为都与霍先生无关。"马罗音量提高了几度，他的语速加快了。

"错了，还真有关系。不得不说霍辙的鼻子比我们，普通人，要灵敏得多，如果不是他的帮助我还真的找不到你们。"尼金说。

"不，你们弄错了，霍辙他的身份是……"马罗有些急切地想解释。

"我管他是什么身份，就算他是你们上级那又如何？你们都将不复存在。"尼金突然朝空中开了一枪，枪声震起一阵烟尘。

　　"霍辙他就是外星人。"马罗脸上失去了神色，他的声音压得很低。言语如同忏悔。

　　霍辙无动于衷，仿佛说的人不是他。

　　达达望着霍辙，她的表情充满难以置信，这个人竟然是外星人？

　　阿西飞快地瞥了眼霍辙，抽动了下眼角，又把头扭回其他方向。

　　尼金的眼瞳放大，脸上露出怪异的神情，瞬间又变成极度夸张的笑脸，他走到了马罗的面前，说："你们可真不择手段啊，先是逼迫霍辙给你做伪证，现在还诬陷他是外星人，你们可太有意思了。"

　　霍辙还是没有说话。继续扮演观众。不参与。

　　尼金的五官变得极度扭曲，他看了眼头顶天空继续说："你们根本不知道外星人意味着什么。我现在告诉你们，他们是受'它'指引到地球的。"

　　平地的边缘突然出现一个人影，李迎骄独自从黑色房间中跑出来，步伐一瘸一拐，是受伤了，看到停机坪上的对峙，他毅然将枪口对准尼金。但几乎同时，E的人将更多的枪管对准了李迎骄。

　　尼金没有看李迎骄，继续直视马罗，并朝地上不屑地吐了口唾沫："整个基地就剩这么点人了，唔，要不去求求上级再派些人过来。唉，恐怕不行，因为你们的其他基地也都正遭受着同样的攻击。真可惜啊，之前就这样把我放走了，但我不会放过任何一个机会。"

马罗用眼神示意李迎骄撤退，继续大声说："听着，我们从来不是你们的敌人。"

尼金将手枪捏得更紧了。

马罗向前一步，他举起双手说："不要开枪，我们可以好好谈谈。"

"闭嘴！除了我自己，我不会相信任何人！"尼金对着马罗歇斯底里。

"砰！"子弹从尼金手中的枪管冒出，马罗迅速向边上一闪，但那颗子弹还是拖曳着一串灿烂的火光注入他的躯体。

"你们，罪无可赦！"尼金的怒吼声在空中爆发，伴随着鲜血的气味向四周扩散。

马罗倒在地上，他看向霍辙，一只手捂着伤口，另一只手颤巍巍地伸出一根手指，口中含含糊糊地吐出模糊的音节。

马罗死了。

尼金看着死去的马罗，满意地拉扯了下嘴角，转过身对其他人说："好了，解决了，说谎的人已经接受了应有的惩罚。"

没有人发声，马罗的尸体在地上发出一阵阵吱嘎吱嘎的响声，那是骨骼由于巨大形变后发出被绞碎的声音，也是整片空间中唯一的应答。

尼金又将目光转向霍辙，说道："哦，差点忘了还有你，真是可怜，因为他们可笑的谎言竟然连自己是谁都忘了。霍辙，你认为你属于哪种人？"

自己是哪种人？他说不出话，思考还是放弃，无言就是回答。

尼金将枪里的弹壳散落在地上，再虔诚地拿出新的弹夹缓慢地推入，如同完成一场无法中断的典礼，最后他将枪管指着地面，柔声对霍辙说："怎么了？又开始怀疑了？省省吧，我也不想听你的回答。我就直接告诉你，我最瞧不起的就是你这种人。"

枪响，一枚子弹穿透霍辙的膝盖，除了躯体的破碎，他没有发出任何声音，跪倒在尼金面前，缓缓埋入废墟，也没有震动周围灰尘。

霍辙看着地上的一切，散落的石头，尸体，血，自己头顶上，那个透进光线的圆圈，圆圈外的天空，带来的都是什么。李迎骄被E压倒时脸上的不甘，达达想冲上前表情又在犹豫，阿西终于不再是那副冰冷的面孔，还有尼金朝着他露出的笑容。他也笑了，一种如释重负的笑。终于欣赏完了全部的景观，一切激情都将消磨殆尽，那就等着陷落到遗忘中去吧。

所以，就像他说的，我真的彻底麻木了吗？世界的事件重新呈现，当空间彻底与时间分离，诸多必然成立的规律，我还有理性，靠逻辑能思考，对另一种实体的批判，只是答案得用语言，开不了口，意识截流，这是最基本的准则，在组织后又逐一拆解，反反复复，在终焉询问本源，什么都是对的。

所以我相信。

是时候解释真相。

脑子里的反问停歇。

我我我我我我我我。

肃静。

倒下的躯体从地上立起来。

像是传说。

这是神话。

我从那具死而复生的躯体上现身，模糊的光环将我托向天空，半空中的形体，是肉或是光，无所谓的，一种人类的视觉，错觉。我在大笑，我在哭泣，我在仰望，我在低垂，我赞美，我咒骂，我平和，我震惊，思考，讥讽，愤怒，失落，痴迷沉醉骄傲固执悠闲恐慌劳累昂扬……

我看向所有人，发出混沌中第一道声音："是啊，我就是外星人。"

地上的人们无一不抬头看向天空，他们寻求声音的来源，作为人类的本能，很快有人看向我，但也等了很久，直到所有人都注意到了我，一具纯白且标准的五角人影，合乎所有人想象的形象，当然，对他们而言，我可是"它"，既然来客到齐，那就要开始我的宣告。

"我到地球的目的是为完成一项任务，但你们人类确实很特殊，不仅发现了我，甚至还相信我的存在。所以我也该现身了。

　　"宇宙中任何生命的文明，在发展到一定阶段都会因为个性上的弊端与生存环境的限制而困入进步的瓶颈，而一个文明的发展开始停滞，其社会的众多层面都会展示出不同程度的倒退。要想避免社会的退步，唯一的方法就是让自身文明与其他文明接触。如你们所观测的，两个星期前我们的飞碟来到了地球，我们为寻求文明进步的方法试图与你们接触。

　　"不同文明间接触的方式有很多种，但归根到底只有和平与暴力上的区别。对于两种能互相理解的文明，和平的接触便是最适合的接触方式；如果两种文明彼此间的差异过大，那两者接触必然会伴随着暴力的冲突，甚至会发展成战争。

　　"从整个文明长远发展的角度来说，即使是战争，也有可能促使两个文明彼此发展进步，战争年代的科技永远是发展最迅速的，每个文明都会想尽方法从对方文明那儿学来自身尚未掌握的技术。

　　"当然这并不意味着我们偏爱暴力，事实上我们极少采用暴力的方式与其他文明接触。因为和平的接触方式能帮助两个文明更深层次地了解对方，文明的进步是全方位的，绝非仅仅在技术上进步。

　　"然而我们追求和平的特性却屡屡遭受利用。在我们文明与其他文明漫长的接触历程中，总有一些个性复杂的文明表面上说着会与我们和平接触，实际却在接触过程中背叛我们，表面上友好地与我们共享知识，暗地里又用暴力的手段让我们饱受损害，甚至在几次接触中险些把我们文明推向毁灭的边缘。

所以我们害怕了，在与任何一个文明正式接触前，我们总会在现身不久后往对方文明中降临化身，我们需要了解对方文明个体的思考方式，从他们的角度思考该如何与一个陌生文明接触。无论结果如何，我们都会选择和对方一样的态度。这是我们不变的原则。

"我们在星球上一共降临了七位化身，其他几位分别负责理解你们文明中的政治、经济、科技、文化、环境、语言，而我负责考察的是人类的道德。我的同伴和我不同，他们可以用你们无法感知的形态游离于你们的社会，收集相关的信息。但我因为任务的特殊性，只能附身在你们文明中的某个个体身上，以你们的形态学习你们认知与交流的方式，最终尝试理解你们道德的准则。在完成任务前，我自身所有的记忆都是被封存的，在此过程中，我也不会干涉那位名叫霍辙的人类个体的任何判断，始终从旁观者的角度去看你们的文明。我记录霍辙所有的行为，无论肉体上的还是你们人类所说的思维活动。当我得到确定的答案后我便会返回飞船，我们的文明也将正式开始与你们接触。"

尼金对着空中大声喊道："这不可能，凭什么，凭什么要他来代表全人类的道德，我不相信，没道理，这绝不可能。"他的声音中每个音调都在发颤。

关于道德。他们能否理解，我不关心，也来不及考虑，就像他们标榜的自由与安全，道德，也可能只是某套说辞，一种更为悲哀的目标，也许他们总有一天会醒悟，关于眼前的这团爆裂的，澄澈的，舒张的，时而汇聚转眼流逝的光亮。

那个名为达达的女性人类望着悬浮在半空中散发着银白色光芒的半透明躯体，或者是能量体，她大概误以为那就是我的实体，她问道："所以对于地球文明，你们最后的选择是和平还是暴力？"

我在空中的映射变得愈发模糊，已经现不出任何人形，我用它发出人类的声音，宣布最后的审判："不，你们错了。在宇宙中有些文明虽然思想落后，但在技术上却很先进，那么这个文明是值得学习的；另一些文明虽然技术没有发展得那么迅速，但在思想上很有先见性，同样也应该尊敬；即使一个文明在思想与技术上都远不及我们文明的发展程度，我们依然会在一定程度上用他们文明中特有的方式引导这个文明见到更宽广的世界。"

我的映射越变越淡，再也维系不住固定的样子，感觉，所有感觉渐渐离我而去，所有来自人类的行为方式，感觉习惯，语言文字……

"毁灭一个文明，意味着让其在历史中被彻底遗忘。"

阿西对着我的光大喊道："我要如何才能相信你？"

我向着空中飘去，光影最终淡去，消失于无形，从未到来。

通过棚顶那个狭小的圆圈，空中出现了另一个圆圈，来接我回去的通道。

所有人都在仰望，像在等待奇迹，而透过双眼看到的也不过只是我的假象。我不明白，他们真的能看见我吗？还是看着一个无色的圆圈。

我再不能发出人类能理解的声音，"滴—滴——滴滴—滴——滴—滴——滴—滴—滴……"言已至此，我的回答他们不会听。

静穆的诗歌奏响。

空气的震颤也在此刻暂歇。

一艘，两艘，三艘，四艘，五艘……

浩瀚深空中的闸门被彻底打开，时候到了。

光影渐散。我知道，我全部知道，你们也会知道。

地球三百城的上空，顷刻间铺满曾经出现过的飞碟。

我失去了作为人类的感受，保留最纯粹的视与听。

白光——白晕——白点。

泼洒在城市的街道上，老旧的公寓上，金色的巨塔上。

我，不能思考，不能忘记，不能怀疑，不能相信……

所有飞船在同时合鸣，奏响天外之音。

这一天所有人类都会知道，我们真的来了。

一贯的，消解的。人类的本性？

白光之下，一切皆无。

咔。

尾声

在外星人到访地球一年后，人类还是生活在地球上，这颗星球和从前一样，自转是二十四小时，公转是一年，每过四年补一天。只是人类从那一天起，知道了宇宙中原来真的有外星文明，而且是那种比自己先进很多的更高等的文明。这群从遥远星辰外赶来的不速之客，在所有人类面前打了个照面后就悄然离开。他们没有将地球毁灭，也没有伤害任何一个人类，更没有展露出什么"神迹"，甚至没人知道他们到底长什么样，或是说该有样子吗？他们如同一颗从地球边缘擦肩而过的流星，轻轻从人们头顶掠过，在所有人都无法触碰的半空中绽放出一串奇异的火光。

他们只是给所有人类留下了一句宣言，也像一道无限缓刑的判决。外星人用黑体辐射以地球为中心画了个圆圈，将地球连其周围的空间完全包裹，形成一个任何物体都无法进出的超高维子空间。在这片无法被外部探测的领域中永远只会存在人类这一种文明，而人类也将被封锁在孤独中，再也无法以任何方式接触到其他文明。

很多人感到疑惑，为什么那些外星人要做如此奇怪的事情，听起来似乎很严重，但对日常生活又没造成任何实质性的影响。而且，他们真的来过吗？地球上的天文学家们通过卫星上搭载的探测器惊奇地发现，太阳系内所有行星都在，半人马座的三颗恒星也还在，天狼星也在，甚至整个银河系都在，那些遥远星座在宇宙中的位置也都没有改变，只是在仪器探测的极限附近的那圈若隐若现的宇宙真的不见了，这些模糊的迹象都在证明这个事实，地球确实被隔绝到另一个领域。可那又会如何，或许再过几亿年这里才会慢慢变暗吧。

很多人开始感到疑惑，甚至还有些侥幸，真有那么多的星球都没能诞生出文明？那群外星人又是从哪里来的？

对于这群外星人而言，毁灭一个文明并不是靠任何不属于其自身的外部的力量直接摧毁，多余的杀戮只会违逆他们恪守的某些道德，而且那样做也无法彻底消灭一个文明，就算这个文明里所有个体都不复存在，文明本身仍然会如幽灵般寄生在另一个文明的内部。所以毁灭文明只是任凭其自生自灭的过程，让其在深受自身的恶果后退回原始的模样，最终被宇宙彻底遗忘。

或许人类还有救吧，在掌握跨越维度的科技前人类还有足够长的时间反思自己文明的过去，在囚禁中醒悟出一线生机。至少在这一圈封闭的场域中，人类的进步将再也不会遭遇来自其他文明的阻碍。

　　你又回到街上，痴痴地望着。面向骄傲又灿烂的光照，再庸俗的事物也会显得唯美。在舍弃什么后当然会感到轻松，但没关系的，越重要的东西越值得丢弃。

　　你从那处低矮的建筑中出来，没什么目的地闲游。再也不必被迫去忍受浓稠的污浊，或因脆硬的晦涩音律而劳神。除那以外的天地，很自然的自由。路的尽头是说不出的平缓，映出楼房的剪影，轻柔地低垂着，直到某刻，你感到身子也在光下赤裸地暴露。

　　你停下脚步，注意到地砖上突兀的残破，隐匿的是零零碎碎的痕迹，关于这座无限倒退中的城市。一个小小的障碍，便耗尽了全部的注意力，尽管很多时候也会寻不到过错的原点。对于记忆，那些早已消失的过往自会带有些许敏感，只好依靠刹那反省自己遗留的过错。一直以为稍纵即逝的时间竟会被拉得漫长，望望天，看看地，愈合也无济于事。所以啊，就沉默好啦。别再玩这场注定毫无意义的游戏了，你一直都知道，闭上眼睛很容易。你也在回旋中挣扎，总想着释放更多的热烈却没来得及考虑醒来后的羞怯。继续经过下个路口。

　　你知道自己是在有生之年并不会经历太多的人，在愤世嫉俗前也还有很多物质上的享受正等待消遣。大概这便是对自己的迷恋吧，自嘲也是种朴素的能力。这类行为只为特定的正确性，作为最无趣的象征，指引也不排斥欲望，想象本来就是无知时才有的过程嘛。

　　你察觉身后有人在靠近，无处不在的人都来不及一一招呼。不必回头的，那具模模糊糊的外形，还有些继继存存的原则，压抑着浑浑噩噩的态度，全部都靠得很近了，放下所有防备，于是脑袋就变得晕晕乎乎。

　　你已沉沉睡去。